一万年生きた子ども

統合失調症の母をもって

ナガノハル

現代書館

はじめに

「一万年生きた子ども」という題名には、二つの意味が込められています。

一つ目は、わずか八歳で誰よりも大人の役割を引き受けなければならなかったということです。私は八歳にして、地球上の誰よりも大人になったのです。統合失調症の母のケア役割は、大人であってもそう簡単に引き受けられるものではありません。だから、私は誰よりも大人になる必要性に迫られていたのです。

二つ目は、時間の感覚です。初めて苛烈な体験をしたとき、私の意識は、まるで交通事故にあったときにすべてがスローモーションに見えるみたいに、一万年に引き延ばされました。私が子ども時代に生きていた時間軸は、一秒が一年に感じるようなものでした。子どもだから月日が大人より長く感じられたということではありません。身に危険が迫ったときによい選択ができるように考えるための時間が、体感として与えられていたということなのです。そして、私は一秒を一年として生き、一万年生きた子どもになってしまったのです。私の子ども時代はいつも非常事態でした。母が妄想状態でいなくなったりするのです。私は母の安全を思い、いつも追いかけていたのでした。

「一万年生きた子ども」は私一人ではありません。

最近では、私のように子ども時代に親やその他大人のケア役割を負わなければいけなかった人をヤングケアラーと呼んで、注目されるようになりました。そんなふうに注目されていない三〇年前から、私は世界から隠された小さな家で、統合失調症の親をケアしていました。それには名がなかったのです。名前がないものを語ることは困難を極めます。しかし、名づけられると同時にレッテル貼りとして機能してしまい、語ることは別の難しさを発揮するでしょう。私は今回この本の中で「ヤングケアラー」という言葉を一度も使いませんでした。それは、言葉の独自のイメージによって私の体験が正確に伝わらなくなると思ったからです。私はただ愚直に、当時あったことのありのままを書きました。

今、精神疾患の患者は日本に四〇〇万人を超えるといわれています。統合失調症の人は一〇〇人に一人といわれています。決して、めずらしい病ではないのです。この体験が精神障害を持った親に育てられた子どもであった人たちに届けばいいと思っています。この本の内容は私ただ一人の体験ですが、精神障害に対する差別に苦しむすべての人の物語です。

そして、ここが重要な点ですが、精神障害の親をケアし、育った子どもたち——一万年生きた子どもたち——は大人になってもサバイバルが続きます。それは一生涯続く問題です。ヤングケアラーは子ども時代だけ助ければよいというものではないのです。子ども時代に子どもであることを捨てさせられた人は、大人になることがなかなかできず、もがき苦しみます。そのような人には、私の文章を糧にしていただけると思います。私が一万年生きた子どもというハンデを背負いながらどうサバイバルしたかが書いてあるからです。サバイバルのしかたは人さまざまですが、一つの例として示すことはできたと思います。

また、安全に育った子ども時代をもつ人も、この本を読むことで、どうして「一万年生きた子ども」にならなければいけなかったかを知っていただく機会になるかと思います。

私の願いはただ一つ、精神障害者を差別しないでほしいということです。この本で精神障害者ではない人は「狂った」世界の内実へと踏み込むでしょう。精神障害を恐ろしいもの、よくわからないものと思っている方にもよくわかるように、詳しく書いてあります。人は知らぬものを恐れ、差別するのです。きっと、この本を手に取っていただいたあなたは「狂った」世界の謎が解けるのではないでしょうか。

では、「一万年生きた子ども」の物語のはじまりです。

二〇二一年　十一月　ナガノハル

一万年生きた子ども＊目次

I　一万年生きるその渦中で

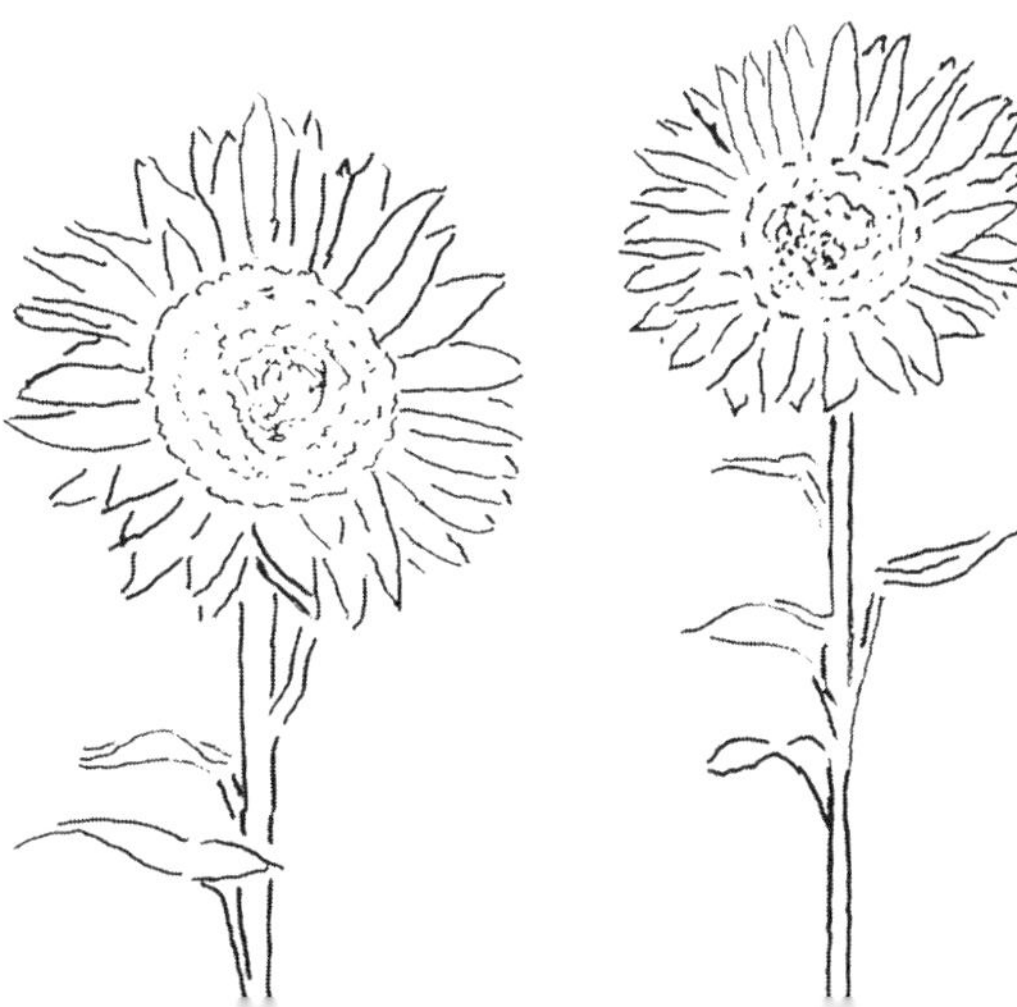

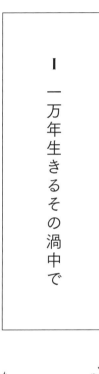

黄金の体と一万年の心が目覚めるとき

過ぎていってしまう時間が惜しいという悲しみが、ずっとあります。ああ、私もこうやって、いつの間にか年老いて死ぬのだなと感じ、切なくなるのです。

「死にたくない。永遠に生きていたい」

一〇年ほど前、自殺未遂をしたこともある私が、最近はそう思うようになりました。

しかし、それよりずっと前、子ども時代の私は、永遠に生きていけるような黄金の体と、一万年生きている心をもっていました。神にも近い存在であるという意識をもって生きていたのです。それは、それくらい万能じゃないと生きていけないという状況で生み出された、命の爆発力でした。

私の母は統合失調症です。

私がまだ小学校二年生の頃に発病しました。一九八〇年代後半は、まだ「精神分裂病」という名前で呼ばれ*、差別がひどかった頃です。我が家では「キチガイ」という言葉は禁句でした。それは、外に出ればたくさん聞こえてくる言葉だからです。

「ママ、お姉ちゃん。駅だよ、降りなきゃ！」

「うるさい！」

自分を起こそうと必死な娘の頬をひっぱたいて、母は電車の床に大の字になってしまいました。火がついたように熱い頬。普段は決して手を上げない母でした。偶然ぶつかってしまったのかもしれません。椅子に座って、眠ったまま起きない姉。「あの母親なに？子どもがかわいそう」という囁き声。哀れみと奇異の視線。

それは、杉見クリニックからの帰りの電車の中でした。

薬の影響で眠気がひどく、呂律もまわらず、寝込んでしまうと起きない母。股をおっ広げて、今にも椅子から落ちそうです。私はそれがとても恥ずかしいのですが、どうすることもできません。わずか八歳とはいえ、まわりから見て恥ずかしいこと、世間でやっていたらおかしいこととの区別はつきます。けれど、病気の母には、もうそういう意識はまったくありません。すね毛がぼうぼうの足を出したままです。そんな母のために、乗り換えの必要がないよう、いつも鈍行の電車に乗りました。最寄りの駅で降りなければいけないと、私は常に緊張して電車に乗っていました。姉も鬱病にかかっており、二人とも薬の影響で正体をなくすほど寝込んでいるのです。

母から頬を叩かれたとき、電車の床に大の字になられたとき、私は意識が変容するのを感じていました。この惨状を目にしても、まわりの大人は誰一人として助けてくれません。みんな、遠巻きにして見て見ぬふりです。私がなんとかしなくてはいけない。三十秒あまりの停車時間のうちに、なんとか二人を降ろさなければ。

そのとき、私の体は黄金に変化したように強くなりました。心は偉大なる人びとと連なる時間へとつながり、すべてを完璧に采配する賢者のように落ち着いたものになりました。

「早く降りなきゃ」

私は母をなんとか起こし、姉を引き連れて、転がり落ちるように駅のホームにへたり込みました。

私はそのときから、本当の大人になってしまうまで、黄金の体とともに、「一万年生きてきたかのような大人の心をもった子ども」として生きていたのです。大人たちが幼くてかわいいと思っていました。私は八歳あまりで、神にも近い完璧な存在と意識を得たのです。それが私の「生きたい」という命の爆発でした。統合失調症の母、鬱病の姉、スーパーの店長をしていてほとんど家にいない父。そんな環境で生き抜くためには、そうなるより他にはなかったのです。私は子ども時代を捨てて、生存戦略を図りました。

母は日本画家を目指していました。ベイブリッジの建設が大黒ふ頭で始まり、母はその建設の様子や鳶の人びとにいたく感動し、それを絵の題材としようとしていました。私と姉を正面から描き、背景に建設中のベイブリッジ、そして、海のうねりがあるという構図です。

母は学校が終わった私と姉を連れて、毎日のように大黒ふ頭に通いました。母が絵を描く間、私と姉は近くの公園で遊び、母から時々モデルになってほしいと言われると、しぶしぶベイブリッジを背景に立ちました。

母は、自分の食事を取るのも惜しんで絵を描きました。いつもバッグにはカロリーメイトが入っていて、私は時々おやつとしてもらうのが楽しみでした。

母は専業主婦でした。ぬか床にきゅうりやナスを漬け、味噌汁の鰹節はわざわざ毎日削り出していました。生活に一切手を抜かないのです。そんななかで二人の娘を育て、なおかつ日本画にも精力的に取り組んでいました。父は仕事が忙しく、母の家事をあまり手伝っている様子はありませんでした。母はいつもヒステリックに怒っていました。思えば、統合失調症になる以前から、精神の調子は良くなかったのかもしれません。

そんな母が本格的に病気になったのは、家を購入し、そのリフォームとベイブリッジの絵の本画の仕上げが重なったときでした。母は小さな頃に両親を亡くし、年の離れた兄妹たちに育てられ、一七歳で父と結婚しました。家事を教えてくれる人は誰もおらず、家事雑誌を買って、それの通りに家事をしていました。特にお正月は盛大でした。クリスマスが終わると、黒豆を石油ストーブで煮る作業が始まります。皺のない黒豆を作るのはとても難しいと、母はいつもでき上がったしわしわの黒豆を見て残念がっていました。栗きんとん、田作り、伊達巻き、梅の甘煮、富士山蒲鉾、日の出みかんなど、手の込んだ料理たちでした。それを一週間くらいかけて作るのです。今にして思えば、そんなに主婦業に手を抜かず、子育てもしながら、本格的な日本画を描くというのは無理なことでした。

母は、日本画家としての最高峰である日本美術院展覧会（院展）の入選を目指していました。
家事が片づいた後の夜中からが、母の絵を描く時間です。母は睡眠時間を削って絵を描きました。その頃から絵が少しずつ認められ始め、偉いお坊さんから「肖像画を描いてほしい」という依頼も舞い込んできていました。母は意気込んでいたのだと思います。

東田病院の入院のきっかけを、私はほとんど覚えていません。あまりに苛烈な体験は忘れてしまうのでしょう。いつか、思い出すときがくるかもしれません。入院する以前、母が目の痛みと頭痛を訴えていたことは覚えています。今回、この本を書くにあたり、改めて確認したところ、幻聴がきっかけで、父が探してきた東田病院に入院させられたということでした。それは強制入院に近いものだったと思います。

病院の隔離室には、鉄格子がついていました。一度お見舞いに姉と行ったとき、母はトレードマークの長髪をざんばらなショートカットに切られていました。そして、似合わないスウェットの上下を着て、ものすごくゆっくりの動作になっていました。薬の副作用だと思います。私は母の自慢の黒髪が切り落とされていることに非常にショックを受けました。今なら考えられないことですが、当時はお風呂に入れるのが楽だとかそういう理由で髪を切られていたのです。大量の薬を飲まされ、薬を拒否すると隔離室に入れられてしまう。母は従順で大人しい患者を演じ、一刻も早く病院から脱出することを考えていたといいます。

母はおそらく三週間ほどで退院しました。食事が取れなくなり、ガリガリに痩せていました。私や姉は、母のために飲み込みやすいゼリーやヨーグルトを買ってきて、母に渡しました。母の痩せ衰えた姿が悲しかったです。そして、それから母の精神病院探しが始まるのです。東田病院で受けたひどい仕打ちのことを、母は忘れません。東田病院では治らないことをわかっていたのです。私が小学校から帰ると、母はいろんなところに電話をかけていました。インターネットのない時代です。病院探しは苦労しました。区の保健所などに聞いていたかと思います。

そして、とうとう見つけたのが杉見クリニックでした。家から最寄り駅までバスに二〇分乗り、鈍行の電車に揺られて四〇分、そこからものすごく急な坂を上って三〇分。杉見クリニックはとても不便なところにありました。そこにはたくさんの精神障害者が来ていました。坂を上っていると、患者たちが途中で休憩をしています。私や母もその道行に連なりました。患者たちは健康な人と様子が違うので、すぐ見分けがつきます。私はそこで、精神を病んでいる人の独特なふるまいを学びました。眉の下がった不安な目、口で呼吸しながら震える唇、なかなか用件を言い出せないどもりと呂律の不自然さ、お腹だけが突き出た奇妙に太った体、引きずる足、財布と診察券を握りしめて震える手。

杉見先生は「あの坂を上るのは大変だろう。健康な人の何倍もかかるだろう。あの坂を軽く上れるようになったら、きっと病気は良くなる」と言って、患者たちを励ましました。

私は、一万年生きてきたかのような大人の心をもった子どもだったので、その患者たちすべてを愛おしく感じていました。杉見クリニックでは精神病者として差別されることはありません。みんな、同士なのです。私はなるべく患者たちに親切にしようと思いました。この患者たちも外の世界ではたくさん差別を受けているのです。

だから、杉見クリニックの帰り道の電車で頬を打たれたときも、母に憎しみは湧きませんでした。ただ、私には黄金の体があること、一万年生きている意識であることに気がついたのです。私は何よりも差別を憎みました。人の目ばかりを気にしました。母に普通であってほしいと無理な願いをしていました。

でも、母を憎みはしなかったのです。

＊「精神分裂病」という病名は一九三七年から使われていましたが、二〇〇二年八月に行われた日本精神神経学会において、正式に「統合失調症」に変更となりました。

墓で息をする

杉見クリニックに通い始めて、母はやっとご飯が食べられるようになりました。

その食欲は爆発的で、一リットルのアイスクリームを一度に食べたり、バターを丸ごとかじったりというものでした。おそらく向精神薬の副作用だと思います。けれども、痩せ衰えてしまっているよりはましでした。杉見クリニックに来ている呂律のまわらない患者たちはほとんど太っていて、お腹だけ突き出ています。母もそのような体型になっていきました。

私はその母の体型を恥ずかしく思って、痩せてほしいなどと無理な願いを言っていたように記憶しています。同級生に母を見られるのが怖かったのです。

母はよく家から勝手にいなくなりました。

小学校から家に帰るとまず、母がいるのかどうか不安でドキドキします。二階の万年床で寝ていれば安心ですが、いなければ母を探しに出かけました。行くところはだいたいわかっているのです。母は聡明寺のお墓によくいました。空気が澄んでいて、息がよく吸えるというのです。

聡明寺はその宗派の大本山です。たくさんのお坊さんが各地の寺を継ぐために修行に来ていました。私の町ではお坊さんをよく見かけるのが当たり前の光景です。本屋やスーパーなどでは、若い僧が修行から離れて一時の買い物を楽しんでいたりします。他にも高僧が薄紫のセミの羽のように透ける美しい着物を着て、付き添いの僧にかばんを持たせ、電車などに乗っている様子を見かけていました。母はお坊さんが大好きで、しきりに「きれいだ。きれいだ」と元気な頃から言っていました。

「ハルちゃん、紫は高貴な色とされているから、位の高いお坊さんしかまとってはいけないんだよ」

母はそう教えてくれました。

その聡明寺で母がスケッチしていたところ、高僧から声をかけられて、その肖像画を描くことになりました。母にとって初めての大きな仕事でした。絵は五〇万円ほどで売れたと思います。いや、一〇〇万円だったかも。記憶が曖昧ですが、とにかく高額で売れました。母が聡明寺に絵を受け渡しに行くとき、私は姉とついていきました。絵は一畳ほどの大きさです。紺の布に包み、母が大事に運びました。聡明寺の大会館に着くと、特別な客のように扱われました。靴を脱ぐように促されます。私は、汚い運動靴と真っ黒な靴下で入っていいものかどうか迷いました。六畳ほどに仕切られた小さな部屋がたくさん並んでおり、その一室に通され、黄土色の和服に身を包んだ年老いた高僧と対面しました。私は不思議と誇らしく、母がとても大事な仕事をしているのだと思ったものです。夢心地でした。

そんな体験をした聡明寺は、母にとって特別でした。

病気になってからも聡明寺に行きたがり、「ハルちゃん、ご覧よ。天女が飛んでる」と何もない大会館の屋根の青空を指してうれしそうにしていました。

私は、その頃にはもう一万年生きたかのような大人の心をもった子どもだったので、無言でその空を見上げるだけで、否定したりはしませんでした。ただ、母の純粋さが愛おしくて、それが差別されてしまうことが悲しかったのです。母には母の世界がある。一万年生きた私は、その母の世界の理解者でありたいと思いました。一方で、母が世の中の大人たちから奇異の目で見られるのを恥ずかしがる自分を恥じていました。大人たちはそれを理解するには幼すぎるのです。私は大人たちの無知もまた、わかっていたのでした。

母が幻覚を見ていることは、私には自然とわかりました。誰からも説明されたわけではありません。母は私には見えないもの、聞こえないものを感じ、そして苦しんでいました。その苦しみがなぜ起こるのかはわかりません。


学校から帰って母がいないとわかると、姉と連れ立って聡明寺のお墓に行きます。そして、いつも休んでいる木陰で母を見つけ、安心しました。

母は本当に純真な子どものようになってしまっているのです。

頭が痛い、目が見えない、息が苦しい、便秘がひどい。母の訴えはいつも身体症状として表れました。だから、母は精神の調子が悪くなってそういう症状が出ると、ありとあらゆる病院に行って、検査してもらうのです。もちろん、検査してもどこも悪くはありません。病院はただ検査だけして、「悪いところはありませんでした」と母を追い返します。高額な治療費。頭が痛いということでCTスキャンを受けたこともありました。私には、母の病気は脳外科ではおそらく治らないことはわかっていました。けれども、母の気がすむ方法がそれしかなかったのです。賢明な医者は母に「あなたの病気は私では治せませんよ」と言って精神科に行くように促してくれました。でも、そんな医者はごくまれでした。

＊

「ママ、大丈夫？」

母をいち早く見つけた姉が駆け寄ります。

「お姉ちゃん、ここなら息が吸える」

「じゃ、しばらくここにいよう」

私より四歳年上の姉は母のことを何より一番に思いやる、優しい人でした。

母の入院中も、退院してからも、ご飯を作る人がいなかったので、姉が作ってくれました。姉はいつでも母の味方でした。

聡明寺には大物俳優のお墓があって、母はよくそこを訪れていました。お供え物も何も持たずに行くのです。

そこで私と姉は思いついて、「お供え物を作ろう」ということになりました。

野の花を摘んできて花束を作ります。ぺんぺん草、貧乏草、ツユクサ、四葉のクローバー、ホトケノザ、いろいろ入れます。姉と競うように集めていきます。しかし、お供え物がお花だけなのは寂しいです。

「そうだ、お団子を作ろう」

私は土を丸めて泥団子を作り始めました。泥をこねるときの水は、お寺の水道が使いたい放題です。私にとってお墓は怖いものではなく、安心して遊べる数少ない遊び場でした。まず、人が来ません。人がいるところでは、母が奇異の目で見られてしまいます。そして、母はお墓だと息が吸いやすいので、じっとそこに座っていてくれます。母がどこかに行ってしまうのではないか？　と心配しソワソワしないで遊べる重要な場所でした。

私は自分の手の大きさほどの泥団子を丸めて固め、外側に砂をまぶしてきなこに見立てました。あの世にいる大物俳優の好物はわかりません。でも、あの世にはお供え物が泥団子のまま届くのではなく、お供え物の概念みたいなものが届くと思っていたので、あんこにきなこをまぶしたお団子が届くと思っていました。

姉と二人で夢中になって、大物俳優のお墓に野に咲く花々の花束、泥団子を供えていきました。

そのときです。お墓の出入り口のほうが騒がしくなりました。わいわいがやがやと五～六人の女の人たちがやってきます。

「やばい！　隠れなきゃ」

私にとって、社会で生きている大人というのは恐怖の対象でもありました。特に、母と連れ立っているときは。何を言われるかわからないからです。姉も思っていることは同じでした。休んでいる母の位置を二人で確認します。幸いなことに、母はお墓の死角になる木の下に座っていました。これならば、私たち二人が隠れればすむことです。二人でサッと森のほうに行き、息を潜ませます。

「ああ、こっちね」

キラキラとカラフルなスーツの中年の女たちが大物俳優の墓の前で立ち止まりました。どうやら、大物俳優のファンの御一行が墓参りに来たようです。

「こんなに散らかして、お墓は遊び場じゃないんだから！」

中年の女たちは私と姉のお供え物である野の花や泥団子を蹴散らして、掃除を始めました。ガヤガヤとほうきで履いたり、桶から水をかけたりして念入りです。そして、一通り掃除し終わると、高そうな花やお菓子を供えました。

一行が去っていきます。敵はいなくなりました。大物俳優のお墓を確認すると、私たちのお供え物はきれいさっぱりなくなっていました。きらびやかな花とお菓子。私と姉は黙ったまま何も言いませんでした。二人とも同じ気持ちだったのでしょうか。私はただ、世間の不条理というものを感じていました。自分が一万年生きた子どもとはいえ、まだ、どこか幼さが残っていることを悔しく思いました。あのキラキラとしたスーツを着た女たちがこの不条理を知らないことを、哀れに思いました。

私は母の病気のおかげで、世間で「普通」とされていることがすべてひっくり返る体験をしているのです。あのスーツの女たちは母を蔑むでしょう。でも、私にはわかっているのです。それがどこか間違っているということも。杉見病院の患者たちのことを思うからです。母の病気を唯一理解してくれる杉見先生。先生だけが、一万年生きている私と同じくらいの「大人」なのです。「本当の大人」は杉見先生のような人のことで、町で見かける母に侮蔑のまなざしを送る大人たちは大人ではないのです。私より幼い愚かな人たち。そして、同時に幸せな人たち。

私の不幸は、一万年生きた心持ちで母をそういう幸福な人たちから万全に隠してしまったことでした。母はもう幸福な人たちの前で、自分もその一員だというふりをやめてしまったからです。そもそも、幸福な人たちもふりをしているだけかもしれません。幸福なふりはできるのです。社会で爪弾きにされないこと。奇異の目で見られないこと。そのふりをやめてしまった母を、日中は私と姉で守っていました。

女たちが去って、母の元に戻ります。もう、夕暮れも近くなってきました。

「ママ、私が作ったお供え物が、ぜんぶ蹴散らされたよ」

一万年生きた意識はなくても、私と同じ、杉見先生と同じ世界を生きているはずの母。

「ハルちゃんのお供え物のほうが、きっと喜んでくれたよ」

母は優しく返してくれました。母は病気になって、どんどん世間に対する認知が歪んでいきましたが、大切なことはわかっているのです。母はどんなに病状が重くなっても、姉や私に辛く当たることはしませんでした。いつも愛してくれました。それが母なりのやりかたであることが、私にはよくわかっていたのです。

誰も来ない運動会

一万年生きる子どもであった私に、純粋な子ども時代がなかったかというと、そうではありません。家では母のことを中心にして生活がまわっていましたが、小学校ではただの子どもとして存分に過ごしていました。

小学校は楽しく、母のことを気にすることなく過ごせる貴重な場所でした。私は勉強が良くでき、リーダー的存在で、積極性もあり、先生にかわいがられる生徒でした。それも、あざとくそうしているわけではなく、天性としてそういう子どもだったのです。毎学期、まとめてもらう新品の教科書が楽しみで、国語や社会はその日のうちに読み終わり、算数は勝手に自習し、一カ月で自力でやり終えていました。ですから、授業は全部復習みたいなもので、成績が良かったのも当たり前といえるかもしれません。四歳年上の姉が参考書で勉強しているのに、とても憧れていました。小学校一年生のときから参考書をねだり、父に「まだ、一年生は参考書がないんだって」と言われたのをよく覚えています。二年生からは買ってもらいました。

父は勉強のできる人で、わからないことがあると喜んで教えてくれました。父は休みの日はすべて数学の勉強にあてているような人で、私に数学の話を喜んでしてくれました。「ハルちゃん、1＋1が2であると認識できるのはすごいことなんだよ。人間は数を数えられるんだ。0という数字もインドの人が発見したんだよ」と、とても楽しそうにわかりやすく話してくれます。私は父と勉強の話をするのが大好きでした。家には毎月『Newton』という科学雑誌が届き、私はそれを読んでは、宇宙の秘密、ブラックホール、多次元宇宙、相対性理論、量子力学などに思いを馳せていました。『Newton』という雑誌は、そういう理論をカラーのイラストつきで載せ、小学生にもイメージしやすくしてくれるのです。いずれは自分もそういう難しい偉大な知識がわかるようになるのだと思い、毎日の勉強をしていました。

病む母をもつ私にとって、学校や勉強は唯一の救いだったのです。

学校の先生には、母に精神障害があるとは言っていませんでした。父も事情を話そうとしなかったし、私も先生には何も言いませんでした。ただ一人の小学生として生活できるのが何よりの恵みだったのです。

家に帰ってくると一万年生きた子どもになるしかないのです。しかし、時に子どもらしいアイディアによってそんな日常が冒険になることがありました。

母は夕食を作れません。父も帰りが遅く、私と姉はどうにかして夕食を調達していました。歩いて三分のところにスーパーがあるので、それほど困りませんでした。

ある日、私と姉は玄関先の石段でバーベキューをしたらどうだろうと話し込みました。当時、二人の間で料理ごっこが流行っていました。互いがシェフになり、近所の草木を調達する材料探しから始まって、調理、そして互いに料理の説明と披露、食べ合うまねをするのです。それが実際に食べられたら、どんなに楽しいでしょうか。夜ご飯がバーベキュー！　なんとわくわくする響き。さっそく、スーパーであじを買ってきます。そして、割り箸を薪にしてもうもうと火を起こし、竹串で串刺しにしたあじを焼きました。

夕暮れが迫ってくるなかの玄関先での調理。日常生活が遊びでいっぱいになります。私と姉は玄関先であじを食べ、夕食をすませました。

後から聞くと、母はなんとなく私たちの様子を察知していたようで、「何か危ないことをしているけれど、止めようと起き上がることができない」と思っていたようです。大人がいれば、子どもだけで火を起こすなんて危ないし、絶対止められていたでしょう。事実、火遊びは危ないです。でも、子どもだけの世界で生活も遊びになるのは、とても楽しい思い出でした。

そんなふうに楽しく過ごせるうちはよかったのですが、やがて学校でも子どもでいられなくなるときが来ます。

＊

運動会の開催を告げる空砲が、地域一帯に響きました。

体育の日の空は、快晴ではありませんでした。薄いみずいろの空にレースのような雲がかかっています。私は体操着を着て、赤白帽を被りました。もう、姉が中学生になっていたので、小学校四、五年生頃の話だと思います。体育の日は祝日なので、姉と母は二階で寝たままです。父はスーパーの雇われ店長なので、祝日も関係なく働きます。今朝も早くに自転車で出勤していきました。

私は万年床で眠る母を揺り起こしました。けれども、強い薬で眠る母はなかなか起きません。小さな頃、夜中に目を覚まし、暗闇が恐ろしくなったり、トイレに行きたくなったりしたときに、隣で眠る母に本当に小さな声で「ママ」と呼ぶと、母はすっかり目を覚まして、「どうしたの?」と答えてくれました。私は今、目の前で泥のように眠る母を、昔の母とはすっかり別人なんだと思いました。

「今日は、運動会なんだ。給食でないから、お弁当持ってきて」

「ああ、そおなんだぁ」

母は呂律のまわらない声で答えると、また寝てしまいます。

私は不安でした。なんで、運動会は給食がないんだろう。他の子どもたちはお父さんやお母さんが来て、シートを広げて、豪華なお弁当をみんなで仲良く食べるのでしょう。でも、今の母にそれは期待できません。どうにか、お弁当だけでも持ってきてくれればと思いました。

玉入れ、ダンス、大縄跳び、と午前中の種目が次々終わります。

私の心配はお弁当のことだけでした。

競技の様子を見守るみんなのお母さん、お父さん、おばあちゃん、おじいさん。ぐるっと見まわしても当然、母の姿はありません。

「それでは、お昼の時間になります。競技開始は一時間後です」というアナウンスが響き、とうとうお弁当の時間がきました。

私はみんながそれぞれのお弁当を食べるシートを一つひとつ確認してまわりました。どこかに母や姉が来てないものだろうかと。もう、三回もめぐった頃でしょうか。それほど親しくない磯辺さん家族の前で声をかけられました。

「ハルちゃん、お母さんいないの？　ここで一緒にお弁当食べていきなよ」

磯辺さん家は近所にありましたから、もちろん母の病気のことも知っています。近所では有名なのです。私はそのことが恥ずかしくなりました。

「いい、待ってる」

それだけ言い残すと、さっと走っていきました。

もう、学校内を探すのはやめよう。いないことはわかっているのだから。

家から近い学校の門の前で待っていることにしました。じっと目を凝らして立ちんぼうします。来るはずがない、でも、もしかしたら……。淡い期待と絶望的な気持ち、孤独感。

みんなには家族があり、お弁当を食べている時間なのに、自分は一人です。

人の流れは多くあっても、母の姿はありません。時間だけが虚しく過ぎていきます。

校門にある桜の花には、六月と十月になると決まって毛虫が大量発生するので、油断なりません。今も毛虫がたくさんいます。大抵、何も知らない年少の生徒が数人犠牲になり、首から背中にかけて真っ赤に腫れ上がり、早退しました。毛虫にやられた色白の少年のぐったりした姿は痛々しくも美しいものがあり、私は見とれていました。首筋に毛虫が滑り込んで泣く男の子を保健室に連れていったこともあります。危険に鈍い彼らの白い肌がぶつぶつと赤くなって、震えて泣くのを、なぜか私は残酷にも美しいという気持ちがしていました。


昼休みの残りが十五分を切ると、私はあきらめて教室に一人戻りました。校庭にいては、また磯辺家のような家族にお弁当を食べていないことが見つかると思ったからです。誰もいない三階の教室から、校庭を眺めます。一陣の風がお弁当を広げる家族たちのシートを翻しました。この小学校の象徴になっている校庭のアスレチックツリーの天辺を、銀杏の黄色い葉が飛んで舞います。それは、どこか非現実的な光景でした。

私だけがこの小学校で唯一、完璧な意識をもった気持ちがしました。また、一万年生きる心が立ち上がります。不思議とお腹は空きません。私には黄金の体があるのです。一食抜いたくらい、なんでもないことです。担任の先生にお弁当がないことを言おうという気はまったくありませんでした。言えば、母が精神病であることもバレてしまいます。学校は私が唯一、子どもらしくあれる貴重な場所なのです。私はそれを失いたくありませんでした。

私は教室にひっそり隠れ、人間界に舞い降りた神に近い気持ちで、大人や子どもがお弁当を食べる様子を見守りました。私はあの一群には入れない。でも、それは一万年生きる子どもだからなのです。

そして、私はお弁当なしで、午後のリレーのアンカーを務めました。もちろん、一番にゴールしました。私は生まれもって足が速いのです。お弁当がなくても走れるものだなと思いました。同級生たちにはお弁当を食べていないことを隠しました。誰も何も知りません。ひもじい気持ちもしません。それどころか、少し安心しました。

精神を病んだ母が小学校に来て、好奇の目にさらされるよりはきっとましなのです。お弁当を一緒に食べようと言っていた磯辺さんとて、油断なりません。彼らの目は二重ガラスのようになっていて、表面の眼球はシャボン玉のように光を反射して真意を悟られないようなしくみになっているのです。どんな親切な大人も、油断ならないのです。

ふいに空が重苦しい黄色い雲で覆われて、大きな雨粒が落ちてきました。

運動会では、教室の椅子を校庭に並べて見学します。教師たちが「雨が降ってきたので、先に椅子を持って教室で終わりの会をしましょう」と生徒に声をかけます。

そのとき、椅子をつかんだ私の目の前に小さな竜巻が現れて、あっという間に校舎と同じくらいになりました。まわりの子どもたちはなぜか竜巻に気がつきません。くすだまの花吹雪を巻き込んで、私は巨大な竜巻に目を奪われました。ゴミ袋、枯れ葉、テープ、いろんなものが空に巻き上げられていきます。

そのとき、近くの小学校で、校庭で練習中のブラスバンド部の前に大きな竜巻とかまいたちが現れて、子どもが一人死んだという噂があったのを思い出しました。隊列の練習をしている最中の「前に進め」という教師の指示に、従順すぎる子どもが従い、竜巻とかまいたちの中に入ってしまったというのです。

従順すぎる子どもたちを不憫に思いました。私ならきっと、教師の指示を無視して竜巻とかまいたちから逃げることができたでしょう。

誰も気がつかない竜巻。それは、私が見た幻想だったのでしょうか？

＊

家に帰ると、母と姉は万年床で寝たままでした。

私は「どうしてお弁当を持ってきてくれなかったの？」と言ったか言わないか、記憶がありません。言ったところでどうにもならなかったでしょう。ただ、私が運動会にお弁当なしで挑んだということは特に話題にもならず、終わりました。運動会で埃っぽくなった体の感覚ばかり覚えています。あとは、ただ眠る姉と母。

私は一人でした。外は雨。

一階の薄暗い台所に座り、じっとしていました。学校から帰ると、とたんに重苦しい日常になってしまいます。私にとって学校が唯一の救いだったのに、運動会というイベントによって私の苦しい日常の延長になってしまいました。誰でも元気な家族がいて、仲が良くて、お弁当を持ってきてくれるわけではないのです。そのことが普通の大人たちにはわからないのでしょう。幸福な人たちには精神病の母と生きる私の不幸など、思いもつかないのです。そして、わかったとしても、精神病というだけで奇異のまなざしを向けるだけです。大人になった今では、それが差別だとわかります。しかし当時は、自分が特別な子どもであることを、ただただ噛み締めました。

学校でも家と同じような空気を感じるとは、こんなにも辛いことなのか。そして、学校でも一万年生きた子どもになったことを、よくよく考えました。

私はどこまでも無力でした。

初恋と不法侵入

「わかりました。すぐ行きます」

私は慎重に受話器に向かって答えました。

近くの交番の派出所から「不法侵入で母を保護している」と、電話がかかってきたのです。私はすぐに父が店長を務める店に電話します。

「ママがまた交番にいるんだって」

「パパ忙しいんだ。ハルちゃん、お姉ちゃんと一緒に迎えに行ける?」

「うん」

姉はまだ中学校から帰っていません。でも、私は父を困らせると思い、そのことは言いませんでした。私は一人で行く覚悟を固めました。父も仕事で動けないのです。

一万年生きる子どもの意識が立ち上がります。私はもう、ただの子どもではないのです。

この世の誰よりも神に近く、大人になりました。私の体は黄金に変化します。交番で警察官と同等の立場でやりとりできるように心が変容してしまうのです。

母が交番に保護されるのは二回目です。一回目は父と一緒に行きました。だから、どうすればよいかはわかっています。けれど、一人となると勇気が必要でした。

交番は家から歩いて一〇分ほどの花屋の角にあります。

私は速足で向かいました。息を整えてから、交番に入ります。

「すみません」

わずか一〇歳でしたが、大人のようにふるまいました。私が顔を出すと、大柄な警官は事務的に母を促しました。

警官とはすっかり顔見知りになりましたが、それほど親切というわけではありませんでした。彼らはただ、黙々と仕事をしているだけです。でも、侮蔑のまなざしを向けてきたりはしませんでした。

母は警察が好きでした。それは、「キチガイ」である自分を、唯一人間として対応してくれる人たちだからです。他の人は杉見先生を除いて、ただジロジロと見たり、呂律のまわらない発話を訝《いぶか》しんだりするだけで、きちんと話の内容を聞こうとはしません。母の妄想を誰よりも理解していると確信していた、つまり一万年生きる子どもであった私は、世間の人びとも母の話を全部聞けばそんなにおかしなことを言っているわけではないとわかるのに、と思いました。母には母の世界があり、それは世間とは一線を画しているだけなのです。でも、妄想とともに生きる人のことを、世間の人びとは認めません。自分の世界が唯一絶対正しいと信じ込んでいるのです。それは妄想の世界を恐れているようでもありました。私は、母の妄想の世界を恐れたりしません。

警察は統合失調症の人の扱いにも慣れていて（おそらく、そういう人をたくさん対応するのでしょう）、表面上は優しく接してくれました。

私が来たことで帰宅を悟った母は、さっさと歩き出します。

私は無言でその後ろをついていきました。こんな姿を同級生に見られたら恥ずかしくて死んでしまいたくなります。まわりを警戒して、人の目線を気にしていました。私は誰よりも大人になってしまっているので、世間の常識というものに敏感でした。世間を恐れていました。そして、その恐れを母や姉から責められました。「ハルちゃんは常識人だね」と嫌味を何度も言われました。母はわざと、「人前で怒鳴られるのが一番嫌なんだろう」

と駅前で私を罵ったこともあります。自分は大声を出して人に注目されるのなんて、なんとも思わないのだと、人の目を気にする私は愚かだと、わからせたいかのような行動でした。

私は自分が「常識人」であること「人の目を気にすること」を恥じていました。我が家の価値観では、人の目なんて気にせず好き勝手にふるまうことが、一番とされていたからです。

今から思えば、人前で暴れたり、大声を出したり、怒鳴られたりすることなんて、誰でも嫌だとわかります。しかし、当時の私にはそれがわからず、自分が悪いのだと思っていました。

ひまわりが一面に散っている母のワンピースは、夕闇に目立ちました。私はそれがとてもいやで、黄色が嫌いになりました。

母はお腹だけ突き出た体形でそのワンピースを着るので、まるで妊婦のようなフォルムになりました。けれども、その顔を見れば、妊婦であるとは誰も思いません。変な太り方でした。手や足は細いままなのです。母はワンピースを気に入っているらしく、何枚も同じ形のものを持っていました。

＊

翌日、小学校から戻ると、また母の姿がどこにもありません。

私は不安になりました。

追い立てられるような焦り。常識から外れた母の姿が世間から見つからないかとびくびくしています。私の毎日は不安と焦りと恥の連続です。それをどう回避できるか、知恵を絞らなくてはなりません。

私は鍵をかけ、きちんと施錠できたかを確かめると、家を飛び出しました。警官に捕まる前に私が保護しなくてはと、心当たりのある路地をくまなく探します。

「母はまたあの家に行ったのだ」

私は心臓に冷たい砂をサァーッと流し込まれたように体が震えて、怖くなりました。

母はその頃、久保田さんという見ず知らずの人のことを、自分の初恋の人で、父とは別にプロポーズしてくれた人だと思い込み、その人の家の中に勝手に入ったりして通報されていました。

久保田さんの家に向かうと、案の定、そのまわりをぐるぐるまわる母を見つけました。

「帰ろう、久保田さんはいないよ」

母を強く引っ張ると、思いっきり手を払われました。

「そんなことない。久保田さんは私のことが好きなの。だって、家に勝手に上がっても、優しく「だめだよ」と言うだけだった」

それは、「キチガイ」への哀れみなのだと、私にはわかっていました。でも、その人は私が母を追って奔走するさまを見て、言葉をかけるでも、不審な目をするでもなく、ただ迷惑で、少し気の毒そうな顔をしていました。

久保田さんは私から見ても、美貌の男でした。がっしりとした肉体をもちながら、やわらかい物腰は色気があります。


私はその頃、誰よりも母の妄想の理解者でありたいと願っていました。一万年生きる子どもである私には、母と妄想の世界の話を一緒にできるという自負があったのです。それは、母よりも母の世界を一手先に理解し、母のやってほしいことをやるということです。そして、母の世界と現実の差別の世界の狭間を、カミソリの刃の上を歩くようにうまくやっていくということなのです。

世間は母を異物として扱います。遠慮なく侮蔑のまなざしを向けてくるのです。私にはそれがとても辛いことでした。だから、母の妄想をうまくコントロールして、妄想の症状がある母でも世間とうまくやれるように調整することが、私の役目のように思っていたのです。だから、そのためには何より母の妄想を知っていることが重要でした。私はいつも緊張していたのです。自分がうまく立ちまわらなければ、カミソリの刃の上を歩くぎりぎりの世界から途端に落ちてしまうと。

母は目の前の久保田さんと初恋の人が別人であることはわかっているようでした。けれども、久保田さんが自分のことを好きだと言って譲らないのです。母の中で父のことはどうなっているのだろうかと考えることを、私は当時しませんでした。とにかく、母の妄想に合わせて生きること。そして、社会から母を妄想ごと守ることが私の使命でした。

母は久保田宅の斜め向かいの塀の前に立ち尽くしています。待っているつもりなのでしょう。巨大な枇杷《びわ》の木と肉厚の葉が母を世間の目から隠しているようで、その場所はちょうどよいと私は思いました。

「納得するまで待てば帰るだろう」

母の妄想を否定して、「久保田さんはママのことなんて好きじゃないよ。迷惑してるし。不法侵入は犯罪だよ」などと言っても無駄なことはわかっています。

私は母から少し離れた駐車場の車止めに座り、砂利をもてあそびながら待ちました。人通りの少ない路地に時々、夕飯の買い物に行く主婦や豆腐屋が通り過ぎます。そのたび、私は緊張して身構えました。母をじろじろ見る人ならば、警戒しました。久保田さんが帰ってこないことを祈りました。平日なので、家にいない時間帯です。久保田さんが何をやっているか知りませんが、勤め人であることは確かです。しかし、母はそれを理解できないので、毎日待ち伏せしているのです。

久保田宅は古い木製の塀で囲まれた平屋です。外から見える庭らしき部分には濃い緑しかなく、常に日陰になっています。家全体が重苦しく、暗く、じっとりとした闇を隅に隠しています。幸福の絶頂から没落したような雰囲気が、我が家にも久保田さん宅にもありました。

母を待ちながら、私は貧血を起こしていました。

視界の端々が薄暗く、自分がずっと遠くに行ってしまうようです。脂汗がにじみ、得体の知れない不安でおかしくなりそうでした。背後に私を罵倒する男の気配を感じました。それは、私にとって物心ついた頃からつきまとう影です。幻想と幻聴の間の傍若無人な罵声は、気がつくとすぐ近くにやってきてしまうのです。

私は、まずいな、またあの暗黒焼け野原に落ちるのだと思いました。

「おまえはだめだ！　おまえはおかしい！」

そういう幻聴のような声で頭がいっぱいになってしまうことが、私には時々ありました。けれども、私はそれが幻聴であることを理解していました。

私はどんなに胸糞悪くなっても、苦しくとも、立ち続け、泣き叫ばない自信がありました。恐怖で身をすくませても、恥で体が業火に苛まれても、不安にべったりと息を塞がれても、軽蔑のまなざしが矢のように降り注いでも、意地の悪い同情が覆いかぶさっても、侮蔑の視線に心臓が限界まで震えても。

私に備わる冷徹な理性は、とっくの昔に私の感情を抹殺しました。それでも残った心は、切り捨てておいていきます。生きるために。一万年生きる子どもであるとはそういうことです。

路地を抜けて、魚屋の時計を確認します。もう、何度往復したことでしょうか。

「もう、四時だよ。お腹もすいたし、帰ろう」

「お腹すいた？」

「うん」

私は母が子どもをかわいがる心だけ残していることを知っていたので、それを利用しました。お腹を空かせた子どもにご飯をやることだけは忘れないのが、悲しくも愛おしいのです。私はやはり、確かにこの人の子どもであることを納得しました。それだけが、母と私をつなぐ証のようでした。過去と現在を自由に行き来する母は、今の私だけは過去にも連れていっているようです。

「疲れたから、家に帰ってから、買い物に行こう」

その日もひまわりの黄色いワンピースでした。すね毛はぼうぼうで、その足を見て笑う中学生男子の前を通るとき、死ぬほど恥ずかしくなりました。繰り返し、繰り返し、世間のやつらは「キチガイ」の体を笑います。

身ぎれいで正常な母親を連れた子どもを見るとうらやましくて呆然としました。

つい先日あったできごとを思い出しました。

「ハルちゃん、お菓子をあげるね」

金持ちの友人がいて、その美貌の母が差し出したお菓子を、両手でもらって帰ろうとしたときです。

「あの子、卑《いや》しい感じがする。だって、普通、お菓子をもらうとき両手いっぱいになんて思わないでしょう」と陰口を叩かれていたので、もう二度とその家には行くまいと思いました。私には予測不能な卑しい心や、しつけのなっていないふるまいがにじみ出ているのだと思うと、悲しくなるのです。自分で自分をしつけているつもりでも、一〇歳の子どもには限界がありました。

なので、授業中に校門を見つめながら、美しい母親が私を迎えに来る夢想を繰り返しました。

みちこ姉さん

母は万年床で寝ているか、街を徘徊しているか、電話しているかのどれかでした。特に、母の兄弟たちに立て続けに長電話していました。会話に耳を傾けると、私の知らない母の一面が、その端々から聞こえてきます。

一七歳の頃に父と出会って結婚したこと。そして、それを母の多くの兄弟が反対したこと。母がいわゆる後妻の子どもであったということ。母には九人の兄弟たちがいて、異母兄弟のうちの上から四人とは、年がものすごく離れていました。

母は小さな頃に母親を亡くし、棺が焼かれるところを目にしました。だから、母親が業火に包まれて「熱いよ、熱いよ」という夢に苦しめられたのです。

そんな経験をしたことで、母は子どものようにお化けを怖がっていました。私も母譲りでお化けが恐ろしく、中学生になるまで姉に一緒にお風呂に入ってもらっていました。そして、姉と同じ布団で、姉がくの字になったところに同じ格好をして、ぴったりはまるように寝ていたのです。本来、それは母の役割であったかもしれません。でも、母にはそれが期待できないので、姉に世話になっていたのです。姉は文句も言わず、私の世話をしてくれました。

母の父は、明治生まれの頑固な人だったといいます。母の兄弟たちがテレビに夢中になっているのが気に食わず、裁ちばさみでテレビのコードを切って怒ったりしたそうです。

母の兄たちは勉強が良くできる活発な人で、台風が来るとみんなで鎌倉の海にサーフィンに出かけるような人たちでした。

＊

「お父さんとお母さんの戒名を教えてほしい」

兄弟たちに震える声で電話します。私は母があちこち電話するのが好きではありませんでしたが、その必死な様子に黙っていました。

一七歳で家を飛び出して、働きながら定時制高校に行っていた母は、両親の位牌・写真などを持っていなかったのです。

病気になった母は、自分の子ども時代のことなどを必死にたぐり寄せているようでした。

あるとき、父が「ママは子どもの頃、大変だったんだよ」と幻聴のままに惑わされている母の様子を見て言いました。私は、子どもに戻ってしまっている母を守らねばと思いました。

戒名を教えてもらうと、母は帰宅した父に「この戒名を筆できれいに書いて」と赤い千代紙を差し出します。母は字を書くのが得意ではありませんでした。学校の勉強がまったくできなかったからです。病気になってからは、カタカナもあやしく、「ぎゅうにゅう（牛乳）」のことを「ぎーぬー」と書いておつかいメモを渡してくるような人でした。

一方、父の字はパソコンで描いたように、美しく整っています。父はよく、数学の公式などを方眼用紙に書き写して勉強していましたが、そのでき映えは印刷された出版物のようでした。

父は筆でまっすぐとした楷書で戒名を書きました。

「仏壇、買うお金ないから」

母は額縁にきらびやかな和柄の布を敷くと、戒名を書いた赤い紙を中央に乗せました。

「ここが、いいんじゃないの？」

姉が指示したピアノの横に父が釘を打って飾ります。

母は満足そうでした。

母には母がおり、そして、早くに逝ってしまった。私はそんな事実に実感がもてませんでした。ともかく病弱だったらしいその人は母の記憶の中で優しく美しくあるようでした。大正生まれの女はかすれるように細く、消えてしまいました。写真も映像も文字もなく、ただ、子どもの記憶の中でかすかに残っています。それを思うと、母が幻聴を聞くようになって、ようやく自分の子ども時代を取り戻そうと寄せ集めているさまに、涙が出てくるのでした。

目の前で父母の戒名を並べて見ている人がどうしても自分の母親には思えず、小さな子どものように見えるので、私は戒名の書かれた額縁を常に優しい目線で見ました。そして、それらから見守られるような視線を覚えました。「キチガイ」を見るやつらとはまったく真逆のまなざしで包もうと思いました。

＊

母が特によく電話していたのは、同じく統合失調症のみちこ姉さんでした。

みちこ姉さんは異母兄弟で、母とはとても年が離れていました。そして、母はみちこ姉さんにいじめられていたといいます。みちこ姉さんはとびきり勉強のできる人でしたが、母が思春期に差しかかる頃には病気を発症し、辛くあたってきたというのです。幻聴が出ていましたが、良く勉強のできるみちこ姉さんがそんなふうになるわけないと、誰も病院に連れていきませんでした。だから、今も良くならず、病気を拗《こじ》らせてしまっているのです。

母の八人の兄弟たちはみんな勉強が良くできました。地域で一番勉強ができる高校にみんな行っていて、母だけがまるでできなかったといいます。けれども、母はとびきり絵がうまかったのです。

なんで母が自分をいじめてきたみちこ姉さんを気遣うのかは、私には謎でした。しかし、よく電話していました。

母がみちこ姉さんに会いたいと言い出しました。父が休みの水曜日に家族で訪ねます。父はスーパーの店長という仕事柄、土日は休めないのです。

あんなに会いたいと言っていたみちこ姉さんの家は、家から一時間もかからないところにありました。今の私なら、すぐに会いに行ける距離です。でも、当時の母や私にとっては、父に付き添ってもらわないと行けないとも思えるほどの遠い距離でした。

みちこ姉さんはみんなが出ていってしまった実家に、一人で住んでいました。

家は廃墟でした。

平屋の屋根はところどころ雨漏りして、雨を吸った畳がうねるように盛り上がっています。部屋には隙間風がビュービュー入ってきます。その頃は確か冬でしたが、外の気温と家の中はさして変わりませんでした。こんなところでどうして人が生活できるのだろうと、私は遠慮がちに家の中に入ります。靴のまま上がってもいいような場所でしたが、私は靴を脱ぎました。障子紙にはネズミがかじった跡があり、漆喰の壁はぼろぼろと崩れ落ちてきます。

みちこ姉さんは雨漏りのしない奥のほうに布団を敷いて、くるまっていました。

私たちが訪問しても起き上がる様子はなく、母はみちこ姉さんに駆け寄りました。

「みっちゃん、大丈夫？　病院行ってる？」

自分も病気なのに、母はみちこ姉さんを心配しているようでした。

「病院はもういいの」

みちこ姉さんは一人暮らしです。誰かが病院に行けと言ってくれたり付き添いをしてくれるわけではありません。お金はどうしていたのか、今となってはそれもわかりません。

確か、兄弟たちから送ってもらっていたような気がします。

今であれば、生活保護などを取って、誰かみちこ姉さんをケアしてくれる存在が必要だとわかります。母は家族があるだけましなのかもしれません。まだ偏見がひどかった統合失調症という病を原因に離婚された人たちが、当時はたくさんいました。杉見クリニックで仲良くなった女の人たちは、「あなたは離婚されないだけ、いいね」と母に言いました。

私はゆがんでいない畳の上に座って、大人しくしていました。

隙間風がぴゅーぴゅーと吹きます。父や姉は土間のほうにそれぞれ立っていました。小学生の子どもであれば、待ちきれず「帰ろう」と言ったり、騒いだりはするでしょう。でも、私はそれを決してしませんでした。一万年生きる子どもである私は、母のしたいようにさせることを自分の使命としていたように思います。そして、それがいわゆる世間の常識から極度に外れないようにコントロールする役目を負っていました。それは、私が安全であるためにそうしなければならないのです。世間の常識から外れた途端、世間の人びとというのは一斉に冷たい侮蔑の視線を向けてきます。私はそれが辛く苦しいのです。私は母と世間の常識の間で板挟みでした。それを自分のコントロール一つで乗り越えてみせる。それが、一万年生きる子どもである私に課せられたものでした。

でもそれはあまりに重い役割で、できる人など誰もいないことなのです。当時の私はそれにまったく気がついていませんでした。母の幻聴をよく理解し、世間の常識に通じ、一万年生きた自分であればできると思っていました。おそらく、それができるとすれば、神だけでしょう。私は神の領域に踏み出していたのです。一万年生きる子どもであるとは、もう人間ではなくなるということなのです。黄金の体をもって、どんな大人より、神に近づくことができる。そうした意識のことでした。

今、みちこ姉さんと廃墟で会っている母は世間の目から逃れているので、私も母も安全でした。それに父も姉もいます。私はある種、安心感をもってこの会合を見届けていました。

みちこ姉さんは、母と同じように万年床で寝ているようでした。

布団に寝そべったままのみちこ姉さんに母は何事かを話しかけていますが、こちらまでは聞こえてきません。

統合失調症に苦しむ母には、やはり統合失調症に苦しむみちこ姉さんの気持ちが一番理解できるのでしょう。母はおそらく「病院に行くように」と説得しているのです。それは、電話を通して今や大人になった兄弟たちも、みちこ姉さんに言っていることでした。けれども、みちこ姉さんは頑として病院には行かないのです。

統合失調症という病には「病識」（自分が病気であるという自覚）がないとよくいわれます。幻聴や幻覚を本当のものだと信じ込み、妄想の世界を現実世界として生きているのです。みちこ姉さんも病識というものがありませんでした。母は少なくとも病院には通っているので、病識がありました。それは、東田病院に強制入院させられ、その劣悪な病院から逃れるために言われるがまま大量の薬を飲み、模範患者として家に帰るという目標から得られたものです。母は自分が病気なのは間違いないけれども、東田病院では治らないことを知ったのです。

みちこ姉さんは私と姉にお菓子をくれました。万年床で寝るみちこ姉さんの心ばかりの歓迎です。私たち子どものことを思ってくれているのです。

私はただお菓子をくれたことだけは覚えていますが、そのときのみちこ姉さんの様子を思い出そうとしても思い出せません。私の中のみちこ姉さんは、部屋の奥のほうで布団にくるまって、母が必死に話しかけているさまなのでした。

「ママ、もう、いいでしょ？　帰ろう」

どれくらいたったでしょうか、父がそう切り出します。

「まだ、帰らない」

母が譲りません。こうなってしまうと、誰も説得することはできません。姉も父も私もそのことがよくわかっていました。

結局、その日はお昼過ぎから夕暮れ近くまでみちこ姉さんの家にいました。

母が何をもってして満足したのかはわかりませんが、その後もみちこ姉さんが精神病院に行ったという話はしばらく聞きませんでした。

毒

「ハルちゃん、これを食べなさい」

母がお椀に入ったおかゆを私に持ってきました。

「嫌だ、食べない」

私はそのおかゆに母の向精神薬が入っているのがわかっていたので拒否しました。

「お姉ちゃんは食べたんだよ」

母は猫なで声で言います。姉は母の言うことにはほとんど逆らわず、いつも言う通りにしていました。私もだいたいは言う通りにしていましたが、薬入りのおかゆは嫌でした。

私は台所から逃げて、二階の畳の部屋に行きました。

するとまた母が呼ぶ声がします。行ってみるとおかゆが小皿に少しだけ盛られていました。

郵 便 は が き

お手数ですが
切手をお貼り
ください。

102-0072
東京都千代田区飯田橋3-2-5
㈱ 現 代 書 館
「読者通信」係 行

ご購入ありがとうございました。この「読者通信」は
今後の刊行計画の参考とさせていただきたく存じます。

ご購入書店・Web サイト
書店　都道府県　市区町村
お名前《ふりがな》
〒 ご住所
TEL
Eメールアドレス
ご購読の新聞・雑誌等　特になし
よくご覧になる Web サイト　特になし

上記をすべてご記入いただいた読者の方に、毎月抽選で
5名の方に図書券500円分をプレゼントいたします。

買い上げいただいた書籍のタイトル

書のご感想及び、今後お読みになりたいテーマがありましたら
書きください。

書をお買い上げになった動機（複数回答可）

新聞・雑誌広告（　　　　　　　　）　2. 書評（　　　　　　　）

人に勧められて　4. ＳＮＳ　5. 小社ＨＰ　6. 小社ＤＭ

実物を書店で見て　8. テーマに興味　9. 著者に興味

タイトルに興味　11. 資料として

その他（　　　　　　　　　　　　　　　　　　　　）

入いただいたご感想は「読者のご意見」として、新聞等の広告媒体や小社
ter 等に匿名でご紹介させていただく場合がございます。
可の場合のみ「いいえ」に○を付けてください。　　　　いいえ

社書籍のご注文について（本を新たにご注文される場合のみ）

記の電話や FAX、小社 HP でご注文を承ります。なお、お近くの書店で
り寄せることが可能です。

EL：03-3221-1321　FAX：03-3262-5906
ttp://www.gendaishokan.co.jp/

ご協力ありがとうございました。
なお、ご記入いただいたデータは小社からのご案内やプレゼントをお送りする以外には絶対に使用いたしません。

「これだけでもいいから食べてごらん」

母はどうしても私に薬入りのおかゆを食べさせたいようです。

「嫌だ」

私は断固として拒否しました。母は自分に効いた薬は子どもにも良いものだと思って、飲ませようとするのです。それが気持ち悪く、本当に嫌な気分でした。自他の境界がついていないのです。薬とは、病気の症状のある人に医者が合うように処方するものです。万人に効く薬などありません。母にはその区別がつかないようでした。母が子どもに自分の薬を飲ませようとするのは、子どもを思ってのことなのだとわかっていました。けれども、それならなぜ、おかゆに混ぜてわからないようにするのだろうと嫌な気分がしました。まるで、毒を盛られているようです。

杉見病院に行くようになってから少しずつ動けるようになった母は、義務感からか食事の準備を始めました。しかし、どれもこれもこぶし大ほどの野菜が生煮えに茹でてあるだけです。私はそれを食べたくありませんでした。すると、母は「ハルちゃんは好き嫌いがひどい」と怒るようになりました。

私は好き嫌いも何もないと思っていました。にんじんは確かに好きではありませんでしたが、すべてが生でなんの味もしないものを、喜んで食べろと言うほうが無理です。

でも、母は母なりに「母親」として子どもにご飯を作らなければならないという思いにかられての行動でした。責めることができません。

晩ごはんに毎日のように生煮えのにんじんとじゃがいも煮がならぶ様子を見かねて、ある日父は夕食にカレーを作りました。

「パパの作るご飯には毒が入ってる」

母は、カレーを指差して怒ります。私と姉に父のカレーを決して食べないように言いました。

「また、そんなこと言って。毒なんか入ってないよ。食べなさい、ハルちゃんもお姉ちゃんも」

母は、自分を東田病院に強制入院させた父を憎んでいました。時々、烈火のように怒り、「なんで、あんな病院に入れたのだ!」と父を責めました。そのたび、父は「しかたがなかったんだ。パパも精神病のことがわからなかったんだ」と言い訳しました。父が謝っている姿を見たことはありません。だから、母の世界では父の作るものに毒が入っていると考えるのは、当然かもしれません。父に入れられた東田病院で処方された薬は、まさに毒でした。母の運動神経を奪い、体重を三七キロまで減らし、思考を奪ったのです。

結局、姉は母の作った生煮えのにんじんとじゃがいも煮を食べて、二階に上がりました。私は生煮えが耐えられなくなって、父と一緒にカレーを食べました。

＊

私が小学校三～四年生の頃、母は近所の人とトラブルになっていました。

私の家は、車も入れないような細い路地の真ん中あたりにある一軒家です。右側に行くとすずらん荘という長い風呂なしアパートがあります。そのアパートには幼馴染が住んでいて、毎日のように遊んでいました。時々、遊んだ後に幼馴染にくっついて銭湯に行ったりしていました。そして、家を背にして左側に行くと大きな道路に出て、その角に小さなクリーニング屋があります。

母はそこのおばあさんとトラブルになっていました。

始まりは、おばあさんが布団を叩く音です。

パンパンパンパンと響く音、母はそれを自分への当てつけだと思ったのです。

「クリーニング屋のばばあがまた、パンパンパンパン布団叩いている。ママへの嫌がらせだ！」

母はクリーニング屋が見える窓の雨戸を締めっぱなしにして、決して開けようとしませんでした。他にも、おばあさんが母の悪口を言っているなどと言っていた記憶があります。

母は近所の人をみんな、敵だと思っていました。

我が家の後ろの家の男の子が受験勉強中だと聞くと、部屋の窓を全部開け放って、大音量でクラシックをかけて、邪魔をしました。

私はあまりにうるさいのでやめてくれと母に頼みましたが、やめてはくれませんでした。

そんな母の行動があったので、私は近所から白い目で見られていました。精神障害に対する差別もあったかと思います。特に緊張するのは、近所の人とすれ違うときです。近所の人は私に決して挨拶はしません。私は敵意がないことを示すためにも挨拶したいのですが、無視されたらどうしようと思うと怖くて、無言で通り過ぎます。

そんな母の噂は近所の路地の人だけではなく、大通りの人まで広がっていました。だから、私はもう、誰にも挨拶しようとは思いませんでした。近所に住む幼馴染たちだけは、私の母のことは問わず、遊んでくれていたのが救いでした。

ある日、母はクリーニング屋のおばあさんのもとへ、布団の音がうるさいと文句を言いに行ったようでした。私からしたら、布団の音はそんなにうるさくはありませんでしたが、それが自分に敵意をもって発せられた音であると確信している母には、大変大きく聞こえていたのでしょう。

それから、もっと大きなトラブルに発展していきました。

今まで、顔を見ても無視する程度だったのが、言い合いに発展してしまったのです。

私はそのことが本当に恐ろしかったです。母が普通の人と違うことを、私はよく知っていて、その社会の軋轢《あつれき》をコントロールするのが自分の役目だと思っていました。今となってはそんなことは誰にもできない領域だとわかっています。けれど、一万年の子どもであるとは、そんな誰にもできない神の領域に足を踏み入れることなのです。軋轢が起きないように母を誘導したり、言い聞かせたり、母の妄想の世界をより理解しようとしていました。母の妄想の世界を理解していれば、社会との軋轢を防ぐためのほんの小さな隙間が見出せるような気がしていたからです。

それが今、壊れようとしている。とうとう社会と妄想が正面からいがみ合いを始めてしまったのです。

そういう言い合いが何回か続きました。最初は、母がクリーニング店のおばあさんの家に行って文句を言ったときに喧嘩をする程度だったのが、ある日とうとう我が家の前で大喧嘩になりました。

「ここからはうちの土地だから入ってくるな！」

母は路地に敷かれた石畳の我が家側のスペースに立って、線を引く仕草をして怒鳴りました。

クリーニング屋のおばあさんがなんと言っていたかは覚えていません。ただ、それは夜でした。父もいたと思います。ひとしきり怒鳴り合いが続き、私は家に引き込もっていました。

怖くて、戸を締めて、その戸を手でぐっと押さえて人が入ってこないようにしていました。私は一万年の子どもなのに無力でした。社会と妄想をコントロールすることで、どうにか生きようとしてきたのです。それが今、崩れてしまった。それにはどうにも対処できないのです。自分ひとりが辛いだけなら、なんとでも我慢できる。でも、それが人との諍《いさか》いまでに発展してしまったら、その間に入って止めることなどできませんでした。私の世界はそのとき壊れてしまったのです。

しばらくして、姉が戸を開けようとドアノブをひねりました。ぐっと押さえていた私はその手を緩めます。

「何やってんの？」

姉は、私が怖くて怯えていることなんて、何も気にしていないふうに言い放ちました。私は自分が怖がっていることを恥じました。姉は妄想と社会がぶつかり合ってトラブルになっても怖くないようです。姉は、私が妄想と社会との両方に足を置いて、コントロールしようとするさまを「ハルちゃんは常識人だね」と笑っていました。姉にとっては妄想側、いえ、母側がいつも正義なのかもしれません。生煮えのにんじんやじゃがいもを食べ、母が父のカレーに毒が入っていると言えば食べず、母の薬入りのおかゆも食べる。私にはできないことでした。

怒鳴り合いはやんでいました。

私はほっと人心地をついて、眠りにつきました。

＊

事件が起きたのは、それから数日後です。

朝、外に出ると、家の前の花壇から異臭がします。クレゾールのような薬品臭が鼻を突きます。どうやら、花壇に何か薬品がまかれたようでした。

母は朝起きるのが遅いので気がついていません。父は気づいたのか気がつかないのか、いつも通り出勤していきました。私と姉もいつも通り学校に向かいます。

そして、帰宅した頃、母はパニックになっていました。

「家に毒がまかれた。ハルちゃん、お姉ちゃん、もう、家は危ない！　逃げなければダメだ！」

母は洋服などをかばんに詰め込んでいました。

私は当惑しました。確かに、家の花壇からは薬品臭がします。父もいない今、妄想の世界で生きる母の判断が絶対になっています。私はもう、どれが妄想なのかわからなくなっていました。ただでさえ、母と一緒にいると、妄想ではない世界がなくなってしまいます。子どもにとって、やはり母は絶対なのです。毒がまかれて逃げなければならない緊急事態なのか、そうではないのか、自分ではもうわかりませんでした。

「ほら、行くよ」

母は家の前をすばやく通り過ぎて、姉と私を連れてバスに乗り込みました。駅に向かうバスです。どうするつもりなのかもよくわからず、ついていきました。

最寄り駅までは一〇分ほどで、大して距離はありません。

母は駅に着くと、ビジネスホテルを探し始め、街をうろうろしました。荷物は大して持っていません。私はなんだか心細くなってきました。父に連絡したほうがよいのではないのだろうか？　この妄想の逃避行を続けていいのだろうか？

ほどなくして、母は一軒のさびれたビジネスホテルを見つけました。平日だったので、部屋にはすぐ入れました。

母は安心した様子で、椅子に座ってくつろいでいます。

私はそのビジネスホテルの壁の茶色い染みが恐ろしく、電気も全体的に暗く、陰鬱な雰囲気に早く家に帰りたいと思いました。姉は黙って母に従っています。

そういえば、母は今の一軒家に引っ越してきた頃、アパートから連れてきた犬が向かいの家で死んでいたときも、毒を盛られて死んだのだと言っていました。昨日までは元気だったのに突然死ぬなんてありえないと言うのです。その頃から母の近所の人たちへの不信は始まっていたのでしょう。

母にとって「毒」とはある種、キーワードでした。統合失調症の人の妄想には、その人個有の独特の思想があります。電波によって操られているというような、「電波」がキーワードの人もいます。母は自分にとって良くないことが起こると、それは「毒」のせいだと思い込むことが多いのです。

そのうちに、どうして知ったのか父が迎えに来ました。おそらく、母が連絡したのでしょう。息せき切って来た父の両手はこぶしで握られていました。それは父の癖なのです。父は少し焦った様子でした。まさか、近所トラブルで母が娘たちを連れて逃げ出すとは思っていなかったようです。

「ママ、帰ろう。毒なんかないから」

父はいつも母の妄想には付き合いませんでした。それが、父が統合失調症の母と生きていくうえでやれる精いっぱいのことなのかもしれません。父はいつも社会的な常識を尺度に生きている人でした。常識といっても、「女の子は女の子らしく」とか「人前では礼儀正しく挨拶しなさい」とかそういったこととは無縁でした。私はそういう教育を一切されませんでした。父は会社でも出世より数学の勉強をとったある種の変わり者です。会社の飲み会などには一切参加せず、ひたすら休日は数学の勉強に打ち込んでいました。

そんな父にとっての常識とは、「事実」そのものでしょう。妄想に相対するには事実が必要だと私は思っています。そこからずれてはいけないのです。妄想する相手に「あなたはそう見える／聞こえるんだね。私にはわからないけど」と相手の感じていることを否定せず、けれども、自分にはそれが見えないことを伝えるのが大切です。それは、私が大人になってから統合失調症への取り組みなどで知った、私なりのやりかたでした。一万年の子ども時代の私は、母の妄想をよりよく理解しようと妄想に巻き込まれ、事実がなんであるかがわからなくなりました。けれども、子どもとしては当然のことで、当時の私は精いっぱいやったと思っています。

父に説得された母は、家に戻る準備を始めました。

家族四人で夜の街を歩きます。家に戻ってもいいことなど何一つありません。妄想と社会とのコントロールをする毎日がまた待っているだけです。

私は明日も学校に行くことができるのだけが、救いでした。そこでは妄想と社会の狭間で苦しむことはないのですから。

李典教と幽霊

私が小学校五、六年生の頃、母は新興宗教に通っていました。

きっかけは、杉見先生が勧めたことからでした。

「日本で一番大きな病院が李典教にあるから、行ってみると社会勉強になるよ」と言われたのです。

母はその通りにしました。今にして考えると、精神科医が新興宗教を勧めるとは何事かと思います。なぜ、杉見先生がそんなことを言ったのかも、もうわかりません。

ほどなくして、母は近所の李典教の道場に通うようになりました。道場は住宅街にあって、歩いていると突如として大きくて立派な門構えの瓦屋根の建物が現れます。地域からは浮いていました。でも、家から歩いて通える距離にあったので、私と母と姉は学校が終わると毎日のように行きました。

お布施は月一万円ほどであったと思います。

李典教は開祖が女の人で、その人も精神障害だったといわれています。だからなのか、母は李典教内ではとても丁寧に扱われました。社会で居場所を失っていた母を、唯一受け入れてくれた場所なのでした。

その頃の母は、妄想状態になることも、幻聴のままにいろんなところに行ってしまうことも、もうありませんでした。それでもおそらく、幻聴は聞こえているようでした。私の目の前で幻聴と会話するといったことはしません。ただ、幻聴の言う通りに行動してしまうことがあり、それ以外は一日中、家で寝ていました。幻聴は何か言ってきたのかもしれませんが、母が動ける状態ではなかったのでしょう。薬の副作用で太り、唇は震え、呂律がまわりませんでした。外見から「健康な人じゃないな」とわかる様子だったので、社会に溶け込むのは無理だったのです。

李典教の道場には子どもたちもたくさんいて、私はどこか遠慮がちに遊んでいた記憶があります。そこの子どもたちも、決して母を差別したりしませんでした。しかし、私は別部屋にいる母の様子をいつも気にかけていました。母は道場の二階で横になっていることが多かったように思います。何か得体の知れない恐怖があるのです。何か悪いことが起こるに違いないという確信でした。安全な場にいてもなお、社会で差別され、近所で冷たくあしらわれてきた記憶が、私を安心させてくれません。

何か起きたらすぐ対応できるように、準備しておかなくては。

常に最悪の事態を想定しなくては。

一万年生きた子どもの意識とは、そういうものです。常に万全に対処することが自分にはできると信じています。それは神の領域まで自分のコントロールを効かせるという、ある種傲慢なことでした。人間は最悪の事態に備えて準備しておくなんてことはできません。そして、常に最悪の事態を想定して生きることはできません。社会は根拠のない楽観視でできています。私は一万年の子どもであることで、その楽観視を失ってしまいました。常に社会と母の統合失調症がぶつからないようにコントロールしなければならないと思っていたのです。

実際に、こんなエピソードがありました。

大学一年生の頃、沖縄旅行に行くと母に伝えたときでした。

「飛行機が落ちたら危ないから行くのをやめなさい」と母は説得してきました。また、私がアルバイトから正社員の仕事探しをしたいと言ったときには、「今の仕事があるのだから、正社員なんかならなくていい、今のままでいなさい」と言いました。母もまた「最悪な事態」を想定することでしか生きられない一万年生きた子どもだったのです。母は幼少期に母親を亡くし、異母兄弟の中でサバイバルしてきたのでした。それに、今までに最悪な事態ばかりが起こりました。警察に保護され、近所では嫌がらせを受け、社会からは白い目で見られ、母は居場所をなくしていったのです。病院と家庭とほんの少しの親戚、これが母の世界のすべてでした。私には学校と母しかありませんでした。

だから、私は李典教でも油断はしませんでした。

一方で、李典教の人は母をまったく差別せず、受け入れてくれるので、やっと息が吸えた思いがしました。李典教では、私は母の統合失調症と社会の間に入ってうまくいくようにコントロールしなくてよかったのです。母のことは母のことで、李典教の大人たちに任せておけば大丈夫でした。

そんな李典教への道場通いのなかで、信者にとって一生に一度、教祖が着ていた布を御守りとしてもらえるという行事があることを知りました。そのためには、年に一度開かれる行事に遠出しなくてはなりません。それは旅行を意味します。

今までの私たちには、旅行することなんてできませんでした。

病気の母が新幹線のチケットを取ったり、宿を予約することなんて、到底できません。

その行事には李典教の人が団体を組んで、一緒に連れていってくれることになりました。母が病気になってからした二回目の旅行です。一回目は母の病状が激しいなか、父が会社の福利厚生でもらった旅行券で熱海に行きました。母はとてもはしゃぎました。父と恋人同士のようにふるまって、楽しそうでした。父に寄り添って手をつないだりしていました。でも、私は自分の服装やリュックサックが宿の豪華さと釣り合わないことに、恥ずかしい気持ちがしていました。

私は、自分の家族が人から見て恥ずかしいものだという意識に、常に悩まされていました。人の目ばかり気にしていました。誕生日に奮発して買ってもらった自転車の後ろの荷台が錆びてしまっているのを、人に見られるのが恥ずかしくてたまらないように。なんでも気にしていたのです。私は一万年生きる子どもとして、母を社会から守ろうと、その意識を立ち上げました。しかし、今や、母の細かな仕草や何から何までもを社会の枠から出ないように、がんじがらめにしようとしていました。

「普通であってほしい」

私の願いはこの一つに尽きました。社会が母を差別してくることが悪いのに、私は逆転を起こしていました。母に罪など何もないのに。

李典教では、母が「普通」でなくても誰も気にしませんでしたし、ケアしてくれました。だから、私は呼吸できたのです。


旅行は順調に進みました。李典教の施設に泊めてもらえることになり、御守りの布ももらえることになりました。それは五千円でした。法外な値段を取らない良心的な新興宗教であったのだと思います。

私は本殿の磨かれた木の床を歩いて、何重にも閉じられた小さな部屋に通されました。そこは六畳ほどしかなく、奥には御簾《みす》が引かれていて、その先に御守りを渡す人がいました。

何度かお辞儀をして、両手で受け取りました。それは三センチ四方の小さな赤い布でした。この布は教祖が身に着けていたありがたいもので、私は渡された大人から「怖いことがあったら、この御守りに祈るように」と言われました。

小さな布を豪華な御守り袋に入れて、その上から首からかけられるようなビニールのストラップをかけてもらい、それを常に首から下げていました。

そのとき、私は一万年生きる子どもとして唯一の頼りができました。体にぴったりと安心が寄り添ってくれているように思ったのです。

李典教はお化けも退治してくれると教えられ、怖くなると「李典様、お化けを追い払ってください」とお祈りしていました。心の拠り所にしていたのです。祈るとき、私はただの子どもに戻りました。自分が神だと勘違いするような傲慢さからは遠のきました。ただの、宇宙の中の一つの、小さな小さな無力な人間にすぎないということがわかるのです。自分より偉大な力があると思うことは、人間を自由にします。特に、一万年生きる子どもであった私には必要なことでした。


神ではないこと。私にはそのことがもう、ずっとわからなかったのです。神の子として生まれてしまった。だから、私は神になるのだ。神と同等の黄金の体は何度でも蘇《よみがえ》る。私の意識は一万年の宇宙と接続し、誰よりも大人である。差別してくるすべての大人たちは、かわいそうな愚かな小さな子どもである。そうすることで、私は苛烈な子ども時代を生き抜くことにしたのです。自分が無力でどうしようもなくかわいそうな一人の子どもであることを捨てたのです。

実際、わずか八歳の子どもに、何ができたというのでしょう。何もできないのが本来なのです。でも、命の爆発力は私を誰よりも神に近しいものにしました。

李典教という宗教に出会ったのは、一〇歳のときでした。

私はそこで神ではない時間をもつことができたのです。本当は恐ろしくてたまらない多くのこと、近所の住民からの冷遇、社会からの差別、常識とはかけ離れている家族、病気の母、それらと直面しました。でも、だからといって、一万年の子どもであることをやめたわけではありません。私はお化けが恐ろしいときに、御守りをよく使いました。暗闇に包まれた寝床にいると、どうしようもなく闇から何かが出てくるのではと思えるのです。

それは、私の社会に対する不安だったのかもしれません。または万が一の事態に備える悪影響だったのかもしれません。私は特にトイレを恐れていました。トイレの穴から手が出てくるんじゃないかというイメージに悩まされていたのです。だから、夜にトイレに行くことは恐怖でした。座って用を足している間、「万が一、手が出てきたらどうしよう」

と苦しいのです。そして、渾身の思いで穴を見ると手はありません。それの繰り返しでした。トイレの穴から手は出てこないのです。そんなことは起こらないのに、手が出てくるイメージが頭の中から去りません。私の生活を苦しめるお化けへの恐怖。それは本当にリアルに感じられるものでした。そもそも、生活に安心感を抱いたことなどあったでしょうか？いつもギリギリで、事件が起こって、それに対処するために自分を神と思い込む。そうして、無力さから逃げているのです。無力であったことを認めたら、私はおそらく生き残ることはできなかったでしょう。

私は李典教の道場通いを、友だちには誰にも言いませんでした。学校では「普通」の子どもでいたかったのです。

でも、当時、恋人のように仲良くしていた萩原さんにだけは打ち明けました。萩原さんと私はニコイチの関係でした。常に一緒にいて、二人の間で秘密は一切なしでした。

私は小学校に上がってから、この恋人関係のような友情をいつも育んできました。相手はそのたびに変わります。私の初恋は実際、女の子でした。小学校一年のとき、オカッパ頭で色白の物静かな彼女に恋をして、仲良くなったのです。なんでもしてあげたいと思い、彼女が苦戦している自転車の練習に付き合ったりしました。彼女を守ろうと本気で思っていました。

小学校五年からは、萩原さんがその対象でした。私と萩原さんには秘密がありました。それは、倉庫になっている空き教室にある段ボールで作られたポストの中で、お互いに持ってきたおやつを休み時間に食べるということです。萩原さんの持ってくるおやつは洒落ていました。サンリオのキャラクターの絵がついたマシュマロで、中に苺のゼリーが仕込んであるものとか、ミント風味のメレンゲとか、夢のラインナップです。

私たちは秘密を分け合い、一心同体のように学校では生きていました。

「誰にも秘密なんだけど、こんな御守りを持ってるんだ」

私は洋服の中から豪奢《ごうしゃ》な布に包まれた御守りを取り出します。

「怖いことがあったら、なんでもお祈りすると大丈夫になるんだよ。でも、これは絶対に秘密。萩原さんにだけ教えてあげる」

萩原さんは神妙に聞いていました。御守りのことは萩原さん以外誰にもばれませんでした。彼女は約束を守ったのです。

李典教の道場通いはおそらく二年ほど続いたと思います。私が中学生に上がる頃にはもう、御守りもどこかに行ってしまいました。あんなに頼った神様はいなくなってしまいました。でも、確かにあの頃、母の居場所になり、そして私をお化けから助けてくれたのでした。

震える唇

東田病院での入退院を経て、医者が杉見先生に変わって数年、牛歩の歩みでも母は外出ができるようになりました。幻聴の通りに行動することもほとんどありません。

しかし本当にゆっくりとしか歩けないので、一目で普通でないことがわかります。私はそれが嫌でした。

母も自分の体や様子が他と違って見えることが自覚できるようになりました。唇が震えてしまう母に向かって、「唇が震えているよ」と何度も注意します。そのたび、母は冷や水を浴びせかけられたように怯えた顔をして、ぎゅっと唇を結び直すのです。

「ハルちゃん、これで、震えてない？」

「うん、大丈夫だよ」

意識しているうちは震えが止まっていても、数分立てばまた震え出します。私はその唇を見るのが嫌でたまりませんでした。

でも、それはすごく残酷な指摘です。今思い返すと本当に申し訳ないことをしたという気持ちでいっぱいになります。唇が震えてしまうのは、おそらく薬の副作用なのです。でも、私は何度も注意しました。


私は「健全で清く正しい普通の人」の目線に立ち、二つの世界の間の防波堤のような気持ちでいっぱいでした。私は「狂った」といわれる世界に住んでいました。「狂った」世界を断罪しようとする「普通の人」たちのふりをして、「狂った」世界を隠そうと必死でした。複雑でした。体は常に恥に引き裂かれていました。恥ずかしくて、恥ずかしくて、息を吸うたびに恥ずかしくて。

私は、母が統合失調症であることを差別する人かそれ以外かで人を分けていました。自分が安心してそこに存在できるかに関わっているし、母を差別する人たちが許せませんでした。母が統合失調症であることを差別しない人は、病院の医者くらいしかいませんでした。それ以外の大人はすべて敵でした。

私は今でもその癖が抜けません。この人が統合失調症の母に会ったら、どんな反応をするのだろうと考えてしまうのです。今でも、友だちやパートナーはその基準で選んでいます。友だちやパートナーが母に会ったときに、馬鹿にしたり、普通と違うことを笑ったりしないこと、それが重要なのです。

精神病者たちを差別し、笑う人には悪気というものが一切ありません。それが当然のことのようにやるのです。普通と違うことは嘲笑の対象なのです。私も一万年生きる子どもでありながら、その意識を内面化しました。それは世間が恐ろしくてならないからでもありました。

私は精神病の母をもって、世間から助けてもらった経験は一度もありません。これはきっぱりと言えます。事実です。

そして、私は敵たちから母を隠すために、母に普通に見える方法を懸命に教えるのです。速く歩くこと、唇が震えないようにすること、痩せること。それは母にとってはどれもどうしようもなくできないことでした。でも、母を敵から守るためにはしかたないのです。そして、自分を守るためにも。

「頭のおかしい人」とか「異質な人」という視線をたくさん受ける側にいながら、ふるまいは普通でなければいけません。普通の人を演じるのはしょうがないことです。そうしないと、生きていられるような世界ではありません。でも、自分のいる「おかしい」世界と「普通の」世界を行ったり来たりするのは、とっても疲れます。それに何か、本当は自分は攻撃されるべきエイリアンなのに、人間のふりをしているようで、いつも恐ろしい思いをしていました。

母から「もう、普通に見えるよね？」と確認されることほど、苦しいことはありませんでした。私は「あなたは普通に見えないから、普通に見えるようにしてよ！」といつも怒っていました。「あなたが普通に見えないと、私も普通に見えないんだから！」と。なんて、ひどい。母が「おかしい人」に見えないように、「普通の人」のふるまいを強要するなんて。それはできないことなのに。

しかし、「普通の人」のふりをする私にとっては、生存に関わる問題です。

＊

その頃から、私は同じ夢を見ました。

まわりは全員ゾンビで腐った姿をしているのですが、自分だけが唯一人間なのです。ゾンビたちは人間を食べるのが好きです。私は食われないようにはらはらしながら、ゾンビのふりをします。ゾンビが「人間の臓物のおいしい部分」の話題で盛り上がると、それに合わせて、「私は、心臓などが好きだ」と言ってみます。「心臓？　そんなにうまくはない、筋ばかりではないか。一番良いのは肝臓だ」とゾンビたちは不審がります。「いや、私はちょっと好みが変わっているから」と必死に話を合わせるのです。「そうだ、君、どうして靴などはいているのだ」と隣のゾンビが言い出します。ゾンビの道には蛆虫があえぐ池ばかりで、私は蛆虫《うじむし》を踏み潰す感触だけは我慢ならず、赤い運動靴を履いているのです。「いや、足が痛くてね」「そんな、人間みたいなものはやめたほうがよいよ。何しろ、足が熱くてたまらないじゃないか」。そして、私は最後にはゾンビたちに気づかれないように少しずつ歩調をゆるめて脱走するのです。

愉快な夢ではありませんでした。

夢は血の赤、深い緑、黄色の光だけがじとじととした闇に際立つものばかりでした。逃げているうちに私はゾンビでないことがバレて、襲われて殺されるのです。

目を覚ますと、ゾンビの前で必死に取りつくろった気苦労ばかりが体に残っています。

目が覚めても、その気苦労は変わりませんでした。

ただ、母にゾンビのまねをするように強要すること以外は。

人間はゾンビで、ゾンビのほうが正常で健康で、好物は人間を食べること、そして人間を馬鹿にすること。でも、私は自分に人間の資格があるとは思いませんでした。学校も、スーパーも、バスも、電車も、道という道、空間という空間とは、ごまかし続けなければならない場所でした。「キチガイ」をごまかし続けなければならない場所です。背中も足の裏もつむじも、小指も、空間にふれるとびりびりと怯えています。体の中心は体温をなくして、氷柱にうずめられた胃が縮こまります。

＊

ある日、同級生から公文に誘われて行ったものの、そのうちにあまり行きたくなくなりました。でも、同級生にどうしてもそれが言い出せず、母に断るように頼んだのです。母は私を公文に誘いに来た同級生に何事か応対して、追い返してくれました。

次の日の学校で、同級生がみんなに大きな声で話をしていました。

「ハルちゃんのお母さんって、すっごい牛みたいなしゃべり方するんだよ。ハ〜ルぅは〜、もうぅ、行きま〜せ〜んとかって」

「あたしもみた、すっごい、変なの」

同級生の揶揄に怒るべきでしたが、愛想笑いで過ぎました。母親を馬鹿にされた怒りよりも、恥ずかしさが勝ちました。私にとって、世界に存在するとは恥ずかしいことなのです。生きるとは恥ずかしいことなのです。

私はその同級生がそもそも好きではありませんでした。ただ、びりびりと苦しいことなのです。それは、けれど、誘われると断れないのです。それは、人からどう思われるかをいつも気にするという性質のせいです。一万年生きる子どもをやっていると、いつの間にかそうした性質が身についてしまいます。それは、いつも母と世間との軋轢を回避するために人の顔色ばかり窺うからです。自分で行動するのではなく、世間と母をコントロールすることが使命となっているのです。そうすると、同級生に誘われても、その子の顔色を窺うようになり、行きたくもない公文の誘いにのってしまったのです。

母を嘲《あざけ》った同級生。それは子どもらしい残酷さなのでしょう。私は一万年生きる子どもでしたから、そうされて恥ずかしいという気持ちも本当にありましたが、その一方で、子どもの考えなしの行動を超越的に見ている自分も、どこかにいました。やっぱり、という思いとともに。やはり世界とは敵なのだ。少しでも油断したら、ひどい目にあうのだと。

一万年の子どもである私に、子どもらしさは必要ありません。どんな大人よりも大人で、冷静で、論理的に、そして世間を上から観察できる能力があるのです。

一万年生きる子どもが生き延びる方法は、母の妄想や行動を先読みして、世間との軋轢《あつれき》を最小限にすることです。私は今回それを見誤りました。

私は同級生の誰にも母の病気のことは言いませんでした。もちろん、先生にも。それは、彼らには統合失調症が理解できないことがわかりきっていたからです。精神病は差別の対象であり、自分は「キチガイ」ではなく「頭がおかしく」なく「気が狂って」いない側の人間であることを証明するためにも、差別しなくてはなりませんでした。そして、彼らはそれらを無意識でやってのけるのです。会話の端々に、「そんなの頭がおかしい人のすることだよ」とか「それは気が狂ってる！」とか「お前はキチガイみたいだ」とか出てくるたび、私は絶望するのです。ああ、この人たちに母の病気のことは決して理解できないのだと。

そして、一万年生きる子どもである私は闘う覚悟をします。母の病気を決して悟られてはならないし、理解されようと期待してもいけない。私が世間と母の病気をコントロールして、差別や軋轢を避けなくてはと。そんなこと不可能なのに。

私は一万年生きる子どもであった頃、失敗にしか終わらない試みが成功すると信じて、ずっとやってきました。母を差別する世間が許せないと同時に、屈服していました。世間から差別されることが恐ろしくてたまりませんでした。みな、本当に精神病者には残酷なのです。その残酷さを受けるのが嫌で、私だけは普通のふりをしていました。私だけは差別されたくない。そういう自分勝手な思いがありました。

差別されるというのは本当に辛いことなのです。同じ人間だと認めてもらえないことなのですから。目の前にいても、どんな話も聞いてもらえない。モンスターのように言葉が通じないと思われる。そして、嘲笑ってよい対象と思われる。白い目で見られる。そこにいないかのように扱われる。

差別されたい人間なんていません。でも、差別されたくないと自分だけが思うことに、私は罪悪感を抱いていました。自分が差別されないために、母に唇が震えないように求め、速く歩くように急かし、痩せるように注意する。私のやっていることは、差別とどこが違うのでしょう。本当に泣ける思いがします。差別が連鎖しているのです。それも母子の関係の中で。こんなこと許されていいはずがない。誰か、誰でもいい、助けてほしい。そう思っていました。

でも、誰も助けてはくれません。

私の子ども時代に、私たち家族の状況を理解して助けてくれる存在はいませんでした。安心して母を預けられるのは、医者と新興宗教の人だけでした。姉は「キチガイ」の世界に安住していて、世間に対して恥ずかしいとかいう思いはあまりないようでした。世間がおかしいという姉の見方は、正しいものでした。だから、姉はあまり私の頼りになりませんでした。私はむしろ「常識を気にするおかしな人」という扱いでしたから。常識を気にせずにおれたらどんなに楽だったかと思います。

でも、一万年生きる子どもであった私にはそれができなかったのです。

霊感といじめと授業参観

私が小学校五年生のとき、先生と親の面談というものが一度ありました。伝えないこともできたのに、私は母に伝えました。それがどういう心持ちであったかわかりません。一目で病気だとわかる程度には、母の症状がひどかった頃です。

「先生、うちの子は超能力があるんです」

面談で母が突然切り出しました。その頃、母は私を特別な子どもだと思っていて、超能力があると信じ込んでいました。私にはもちろんそんな力はありません。まさか先生にそんなことを言い出すと思っていなかった私は、唖然としました。

「ママ、そんなもの私にはないよ」

私は必死に否定しました。

このどうしようもない状況。母の妄想と現実をコントロールしていた一万年生きる子どもの私は怯えます。先生がなんと答えたかは覚えていませんが、私の母が普通ではないということはわかったようでした。そこで差別的なことは言われなかったと思います。しつこく「超能力がある」という母を、先生はのらりくらりとかわしていたと思います。

熊屋先生は私のことを高く買ってくれている先生でした。「三コ」という童話をモチーフにした絵を描く図工の授業のとき、ことさら私の絵を褒めてくれ、みんなの前に掲げてくれたりしました。特に私はできの良い子として認められていたと思います。みんなからはひいきされていると言われたりもしていました。とにかく、学校では私は「優秀な子ども」としてうまくやっていたのです。そこでは一万年生きる子どもである必要はありませんでした。それは私の安息地だったのです。

けれども、その安息地も熊屋先生に優秀な子ではないとバレてしまったことで恐ろしくなりました。優秀な子どもとしての生活がすべて終わってしまうのではないかと。けれども、熊谷先生は面談の後も特に「超能力」については言いませんでした。

しかし、同時に私は少しおかしいことをしていました。超能力はないとわかっていましたが、友だちに「霊感がある」と嘘をついていたのです。「あの木の下に女の人の気配がする」とか触れまわっていました。「霊感がある」と言っている子がもう一人いて、その子となんとなく話を合わせていました。放課後などは霊感があると言って作り話をしていました。

注目されたかったのだと思います。自分を特別な子どもだと思いたかった。みんなが私の話を興味深く聞いてくれるのがとても誇らしい気持ちでした。

子ども時代の私は、お話を作るのが得意でした。小学校二年生の頃は、休み時間になるとジャングルジムに二、三人ほどの子どもたちを集め、その子たちが登場するお話を作って聞かせていました。その「お話会」はどんどん人気になり、子どもたちが十人ほど集まるようにもなりました。

そのときは架空の話としてやっていましたが、小学校五年生の頃は本当に霊が見えるように話していました。

当時は子どもたちの間で「こっくりさん」が流行っていました。「こっくりさん」とは降霊術の一種です。Ａ４の用紙に五〇音表と「はい・いいえ」の選択肢などを書いて、二、三人で一つの鉛筆を持って「こっくりさん、こっくりさん、おいでください」と唱えるとこっくりさんが鉛筆に宿り、質問になんでも答えてくれるというものです。こっくりさんがうまく帰ってくれなくて狐憑きになり、死んでしまった子がいるという噂もあり、子どもたちにとってはスリルのある遊びでした。

そんな子どもたちの間で、「霊感がある」とはヒーローだったのです。

他にも、私はこの頃やってはいけないことをしていました。それはいじめです。ゆめちゃんという女の子を三カ月ほどにわたって無視し、いじめのリーダーとして君臨していました。グループで遊ぶときは、ゆめちゃんの悪口を言って団結しました。他にもそのグループ内でヒエラルキーの低い、植松さんという人を子分として使っていました。

私は精神病の差別の被害者でしたが、同時に、この頃になるといじめの加害者となっていました。自分が悪いことをしているという意識もありませんでした。私は注目される霊感少女であり、いじめの主犯格でもあったのです。

そして、それは終わりを迎えます。

熊屋先生にいじめのことがバレてしまったのです。熊屋先生は、私ともう一人、特別に仲の良い女の子を廊下に呼び出しました。

「ゆめさんをいじめているんですか?」

私はそう言われて、初めて自分がいじめているということが実感できたような気がしました。

「はい」

「いじめはやってはいけないことだから、きちんと謝って、やめるように」

熊屋先生はごく短く注意しました。私は熊屋先生の前では優秀な子どもでありたかったので、効果は覿面《てきめん》でした。その後、すぐゆめちゃんに謝りました。ゆめちゃんはなぜか許してくれました。そして、その後、友だちに戻りましたが、ゆめちゃんがどこまで心を開いてくれていたかはわかりません。

＊

ある日、授業参観のお知らせが届きました。

私は母に告げるかどうか迷いましたが、一応知らせました。そして、「こなくていいよ」とも言いました。

母は当時、杉見先生の勧めで働いたほうがいいと言われ、大きなお菓子工場で働いてクビになったばかりでした。クビの理由は、乗ってはいけないワゴンの上に乗ったからです。

当時は大らかだったのか、精神障害の母でも雇ってくれたのでした。母はしばらく大人しく勤めていましたが、どうしてもワゴンに乗りたくなってしまい、そして乗ったのだそうです。クビになった母は、「ワゴンに乗ったのは楽しかった」と私に語りました。まるで子どものようです。

そんな母でしたから、授業参観でも何かやらかすのではないかと私は不安だったのです。でも、なんで黙っているという選択肢を使わなかったのでしょう。多分、少しは来てほしいという気持ちもあったのだと思います。

母は統合失調症でしたが、私に辛くあたるということはしませんでした。彼女なりのやりかたで確かに愛してくれてはいました。妄想が激しくてもそれは、私や姉を守る方向にぜんぶ働くのです。だから、私は母の愛を疑ったことはありません。それは、とても幸運なことです。母は統合失調症になっても、母であることはやめなかったのです。その点に関して、私は絶大な信頼を置いていました。ただ、その愛し方が問題なのです。

授業参観の当日、私はドキドキソワソワしていました。

母が来たらどうしよう。自分から言ったのに不安になりました。母は万年床から抜け出ることはできないはず。だから来ない。

授業が始まるまで、学校中を探しまわります。

そして、授業参観が始まりました。母は来ていないようで、ほっとした頃、他の教室で何か叫び声がしました。

嫌な予感がして駆け出すと、そこには母がいました。

母は私を探して、すべての教室を出たり入ったりしていたのです。

私は顔から火が出るほど恥ずかしくて、母を引きずりました。呂律のまわらない声で「ハルちゃん」と言っています。私の教室がわかった後も、母は大人しく「参観」はしてくれませんでした。でも、先生たちは母を追い出すことはしませんでした。私はいっそ追い出してくれればいいのにと願いました。

私はとうとう、母が病気であることが学校に知れ渡ってしまったのです。一番恐れていた事態でした。家庭では一万年生きる子どもである私にとっての、唯一の居場所がなくなった瞬間でした。同級生たちから何か言われた記憶はありません。ただ、みんな一様に異様な沈黙を貫きました。それは、母の行いがそれだけ異常だったことの証明のようでした。

同級生たちが差別的なことをしてこなくても、私は充分にダメージを受けました。もう、私は「普通」の子どもじゃいられなくなるのだ。一万年の子どもには、逃げ場がなくなりました。でも、それでよかったのかもしれません。私は学校で霊感少女だと嘘をついたり、いじめをしたり、もう、一万年生きる子どもであることに無理がきていました。今から考えれば、それは一万年生きる子どもであることのストレスによるものだったのではないかと思っています。常に世間と母の病気の軋轢を調整すること。無理なことを、ずっとやってきました。

そして、その頃、本当に私の体に異変が現れました。目を開けていたくても、勝手に目が閉じてしまうという症状に見舞われたのです。初めは脳神経外科にまわされ、筋ジストロフィーを疑われました。CTやMRIを撮られ、「先生の手を思いっきり握ってごらん」と言われ、ぎゅーっと握ります。その先生たちの優しいことに、私は安心していました。同時に自分が死んでしまう病気なのではないかという恐れがありました。筋ジストロフィーはすべての筋力が衰え、やがて死ぬ病だと思っていました。けれども、私はどこにも異常はありませんでした。そして、精神の病が疑われました。

母が当時通っていた杉見先生のところで診てもらうことになりました。

杉見先生は独特の診察をする先生で、患者とあまり話をしません。ただ、一目診てわかってしまうようで、「はい、薬を変えるから、また次！」などと威勢のいい声で言います。患者たちがどんよりする待合室にマイクから「はい、次、長野さん！」とはっきりした声で呼ばれます。

どんな診察がされたか、あまり記憶にありません。ただ、「ハルさんは、躁病だから、この薬を飲むように」と言われて終わりました。あと、「ハルさんはわがまま」とも言われました。当時、私はことさら杉見先生にわがままだと言われることが多く、よくは覚えてはいませんが、わがままだったのかもしれません。

そのとき中学生だった姉も、鬱で杉見クリニックに通っていて、姉はわがままとは言われませんでした。私はそれが不満でしたが、自我の強い子どもであったとは思います。目が勝手に閉じてしまうことと、躁病がどうつながるのか、私には未だにわかりません。そもそも、小学校五年生に躁状態ということがあるのだろうか？　と疑問に思います。けれども、その薬を飲むと一カ月ほどで良くなりました。

私が一万年生きる子どもであることの限界が、刻一刻と迫っていました。

一万年生きる子どもであるとは、幼くして苛烈な状態に追い込まれたとき、爆発する命に備わったプログラムのようなものです。それは、誰でももっています。生き延びるために神に与えられているのです。けれども、それは長くは続きません。火事場の馬鹿力を出し続けられる人間はいません。

その力は失われ、代償は大きなものです。

子ども時代を子どもとして生きることを失われ、誰よりも大人として生きることは、永遠に子どもであることなのです。大人として成長できないことなのです。私はその後の人生をずっと、この代償とともに生きることになります。

一万年生きた子どもでなくなるとき

宇宙の歴史は一三七億年といわれています。それならば、神の年齢も一三七億歳なのでしょうか？

一三七億年という年齢に比べれば、神の子として生まれた一万年の子どもは、ほんの小さな存在だったのです。

私はずっと、神として生きてきました。それは神が、母親を失ったに等しい私を愛しているがゆえにくれた能力でした。

神はすべての子どもを一万年の子どもにすることができます。特にひどい状況の子どもたちの意識を、一年二年単位の時間軸から、一万年という悠久に流れる時の意識に導き、守ります。

その子どもたちは、実際にはたった百年ほど生きるだけなのに、一万年生きているつもりで、三〇歳や四〇歳の大人たちのひどいふるまいに慈悲を与えることができるようになります。

それは、神が子どもたちの命を強くするためのものでした。

子どもは、守る大人がいなければ一人で生きていけないように生まれ落ちます。

けれども、神はすべての子どもに守ってくれる大人がいないことを承知していました。

それどころか、守られるはずの子どもが大人を守れるようにするためにも、力をくれたのです。

子どもを守ることができなくなった大人は、かつて守られなかった子どもでもありました。そうして数珠のように命を螺旋でつなぐのです。

神は、大人も子どもも諸とも守ってくれようとします。けれども、それもやがて終わってしまうのです。爆発的な力はずっと続きはしません。

＊

隣の六畳の小さなリビングでは、姉と母の楽しそうな声がします。

私は、かつてリビングだった一〇畳の部屋でそれを聞いていました。今は私の部屋です。母は一〇〇号の大きな絵を描くとき、リビングと六畳の部屋を入れ替えていました。そして、絵を描いている最中に幻聴を聞き、精神病院に入院しました。一〇畳の元リビングはそのときのまま、何年も放置されていました。我が家は二階建ての一軒家でしたが、個室というものが、一階の六畳と一〇畳しかありません。家族は二階の二間つながった和室で布団を並べて寝ていました。私はそれが嫌になり、小学校六年の終わりぐらいから、自分で徐々に一〇畳の部屋を片づけ、自分の部屋とするようになったのです。


私の手にはカッターが握られていました。

それは中学校一、二年生の頃であったと思います。カッターの刃を手首の甲に薄く滑らせて傷つけてみました。猫に引っ掻かれたみたいな跡がつきます。それを数回繰り返していました。

寂しい、そういう気持ちだったのだと思います。

私は当時、家族の中で疎外感を抱いていました。姉と母は大変仲が良いのですが、私はそうでもないのです。家族、いや、母と姉と私の関係でのことでした。私は母から愛されてないのではないかと思い始めていました。一万年生きた子どもであった頃には疑いもしなかった母の愛というものを、姉を比べて考え込むようになったのです。いや、母の愛は目くらましだったのかもしれません。私には限界がきていました。

高校生になってから、本格的に精神科通いが始まっていました。どんな症状でかかっていたのかは、今となってはよくわかりません。ただ、もう、小学校五年生から向精神薬は欠かしたことがありませんでした。

杉見先生が死んでしまい、私たち親子は姉も含めて大原先生という、近所の心療内科クリニックに通っていました。その先生は話をよく聞いてくれると評判でした。大原先生はクリスチャンでマザー・テレサを尊敬し、会いに行ったこともあるという、とても患者思いの先生でした。

普通、心療内科ではカウンセリングは十分もあればいいという感じですが、大原先生は患者の話を一時間でも聞いてしまうので、いつも病院にかかるのにとても時間がかかりました。それでも、いつまでも患者さんは待っていました。

私はそのときを待っていたのだと思います。

母の病状が落ち着いて、自分が爆発しても、わがままを言っても、許されるときを。私は杉見先生に「わがまま」と断じられましたが、本当の意味で自分のためには生きていませんでした。だから、高校生の頃の私はめちゃくちゃでした。

両手にひどいリストカットをして、大原先生のところに駆け込みます。

「先生、痛いです」

本当は母に痛いと言いたかったけれど、言えませんでした。

本当は社会に痛いと、傷つけられたと言いたかったけれど、言えませんでした。

リストカットは、私はこれくらい傷ついているという唯一の表現方法でした。私の苦しさを可視化しているのです。そうしないと人は気がついてくれません。

私は一万年の子どもとして生きるなかでの闘いで大怪我していたのです。

よくリストカットなんてやめなさいという人がいますが、それなら、その人の心の苦しさを他で表現できる手段を与えるべきです。もしくは、その人の話を心から聞くべきです。

「ひどいですね、痛いでしょう」

大原先生は私の言ってほしいことを言います。プロなのですから当然です。私は当時、大原先生を頼ると同時に、敵視をしていました。大原先生は医者だから私をケアしてくれるだけで、医者じゃなかったら見向きもしないということを、しつこく言っていたのです。

それは、本当に私を愛してくれているのかという確認行為でした。拙い方法でしたが、先生にはしっかり伝わっていたと思います。自分を見てほしいという私の叫びが。大原先生は「僕はハルさんをとても心配していますよ」と何度も言ってくれます。でも、私はそれを信用できませんでした。医者だから言ってるんだと反発しているのです。医者としてではなく、一人の人間として自分を愛してくれるのかどうか試していたのです。だから、病院には足繁く通いました。

一万年生きた子どもであった私は健やかには成長できませんでした。

子ども時代に火事場の馬鹿力みたいなものを出して生きてきて、途中でもう、力尽きてしまったのです。それから私は、一万年の子ども時代の後遺症みたいなものに苦しめられて生きています。

八歳から一六歳までの八年間、私は一人で地に足を着けて生きていませんでした。私が自分のことを誰よりも大人であり、神にも近い存在だと思っていたとき、私は私であることをやめていました。

精神障害のある親とその子に知ってほしい情報

◆ウェブサイト「子ども情報ステーション」（ＮＰＯ法人ぷるすあるは）

精神障害やこころの不調のある親と、その子どもを応援するサイト。当事者が活用できる情報を、あたたかいメッセージ＆イラストとともに伝えている。

〈掲載情報〉相談先や制度／親や子どもが工夫をみつけたり安心できる方法／支援者が子どもとかかわる際に活用できるケアガイドなど。

〈ＵＲＬ〉 https://kidsinfost.net/

◆精神障害の親をもつ子どもの会「こどもぴあ」

精神障害のある親をもつ子どもの立場の人たちによる会。出会いの場としての「つどい」や、経験・体験、思いを共有する「家族学習会」の開催、「広報・啓発」活動を行っている。

〈ＵＲＬ〉 https://kodomoftf.amebaownd.com/

◆ＰＣやスマホでつながる「みんなネット」（全国精神保健福祉士会連合会）

精神障害のある家族をもつ人が、直面している出来事や抱える気持ちなどを匿名で相談し合えるウェブサイト。登録制（無料）。

〈ＵＲＬ〉 https://minnanet-salon.net/service

◆家族のこころの病気を子どもに伝える絵本（プルスアルハ著、ゆまに書房）

『ボクのせいかも…　―お母さんがうつ病になったの―』
（定価 1500 円＋税、ISBN978-4-8433-4112-4）

『お母さんどうしちゃったの…　―統合失調症になったの・前編―』
（定価 1800 円＋税、ISBN978-4-8433-4268-8）

『お母さんは静養中　―統合失調症になったの・後編―』
（定価 1800 円＋税、ISBN978-4-8433-4269-5）

『ボクのことわすれちゃったの？　―お父さんはアルコール依存症―』
（定価 2100 円＋税、ISBN978-4-8433-4577-1）

II 生涯、一万年生きた子どもである

人生すべて後遺症

私が今やっていることは、過去のかけらを拾い集めるような作業です。そこかしこに点々と落ちているものを拾って、線につなげていくのです。記憶がものすごく曖昧になっているところもたくさんあります。特に私が中学・高校だった頃の母の記憶があまりありません。

高校時代は特に辛かったという思いがあります。中学生の頃はそれなりに勉強もこなし、学校では適度な優等生として通っていました。それが、高校二年生の留年で一気に瓦解《がかい》するのです。

私の人生は、ほとんどすべてが「一万年生きた子ども」であった頃の後遺症です。常に母の統合失調症と世間との調整役をやってきました。すべては自分のコントロール次第だと思ってきたのです。けれども、それは大いなる幻想でした。

私がコントロールできることなど、何一つありませんでした。コントロールできると思うことは、人を対等な人間と見ない傲慢なことだったのです。でも、子どもの頃の私はそれを傲慢と知りませんでした。いや、傲慢と知っていたら生き延びることはできなかったでしょう。神様は私の傲慢を許したのです。ほんの小さな子ども、八歳の子どもが誰よりも大人であるという意識を手に入れるとは、そういうことなのです。

私は母を差別する大人たち、子どもたちを憐れんでいました。見下げていたのです。差別するなんて、なんてひどい人間なんだと下に見ていました。それもまた傲慢です。私は自分は神様から選ばれた一万年生きた子どもなのだという自負がありました。誰よりも大人で、誰よりも慈悲深く、知恵があるのです。でもそれはすべて錯覚でした。八歳の私が過酷な環境を生き抜くために、神様が宿ってくれたから成せた技でした。私は八歳から一七歳までの九年間、神様に負ぶわれて生きてきたのだと思います。

そして、一七歳で初めて地面に降りました。

そしたら私は自ら立つ力を失っていたのです。当然といえば当然です。何しろずっと負ぶわれていたのですから。一七歳からの私の人生は、自らの足で立つ力を取り戻す闘いです。それは、今までと同じように歩けるようになるということではありません。一度立つ力を失ってしまった私は、松葉づえがないと歩けなくなってしまったのです。そして生涯そうなのです。

平成八年の一月、一七歳のときに、私は大原先生の診察を初めて受けています。高校一年生の夏休みまでは普通に生活できていました。それが二学期になると学校に行けるような体調ではなくなったのです。そして、高校二年生を留年しました。

初めて受診したときは、朝になると過呼吸になるという症状でした。不調はそれからも続き、疲れ、吐き気、下痢、朝起きられない、だるい、汗が出る、震える、腹痛、頭痛、不眠と、あらゆる症状が出てきました。

私は今回、この本を書くにあたり、当時の様子がどうだったかを知るために大原先生を訪ねました。私は「一万年生きた子ども」のその後の様子を、知りたくなったのです。

大原先生は七二歳になっていました。心臓の手術をする大病をしたそうで、クリニックを閉める決心も一度はしたそうです。それでも、午前中だけの診療に限定して続けることにしたとのことでした。午後までの診療にすると、書類書きなどなんだかんだで、仕事が終わるのが〇時になってしまうこともめずらしくないということです。

大原先生のところを、受診のためではなく当時の様子を知るために訪ねるのは、最初は「いいのかな？」と思いましたが、クリニックに電話してみると「カルテは残ってますよ、保険証を持ってきてくださいね」と看護師さんは優しく対応してくれました。

私は電車に乗って実家近くの大原クリニックを訪ねます。

一体、母にどんなひどいことを言った記録が出てくるのだろう？　私はどきどきしていました。母にひどいことをしたのではないか？　その気持ちでいっぱいだったのです。私と母はよく喧嘩をしていたし、母もよく怒鳴っていました。

「先生、私は当時、母のことをなんと言ってましたか？　私は高校生の頃どうしてましたか？」

大原先生は最後に会ったときと変わらない、朗らかな笑顔で答えます。

「ハルさんは、賢くて、センスが良くて、かわいい顔をしてましたよ。お母さんの病気を気にして、お姉さんとの間に挟まれていました。お父さんは蚊帳の外で、長野家は、お母さん、お姉さん、ハルさんと三つ巴《どもえ》になっていました。ハルさんは他のお母さんと比較して、否定と葛藤があったようですね。否定と肯定を交互にしていました。統合失調症のお母さんの元に育ったけれど、繊細な芸術的才能も見せているから、プラスマイナスゼロですよ」

私は母にひどいことは言ってなかったらしいのです。

そのことを聞いて、信じられないような、では母にひどいことを言ったという私の記憶はどこからきているのかというような、不思議な気持ちになりました。

私は確かに母に反抗していた。その記憶だけが漠然と、まことしやかに立ち上がってきます。

思いきって母に聞いてみました。

「高校時代の私ってどうだった？」

「楽しそうだったよ、髪をいろんな色に染めていた」

「留年したじゃない？」

「ああ、そんなこともあったね、忘れてた。朝起こすのが大変だったよ」

母の記憶の中の私は反抗することもなく、元気に快活に生きていたようなのです。記憶とはそんなふうにすり替わっていってしまうものなのでしょうか？

私のぼやけた具体的ではない記憶では、母に反抗していたはずなのに。

私は母にひどいことは言ってなかったらしい。

客観的事実を見れば、言われたとされている母も言われてないと言い、カルテにも書いてありません。私は言ってなかったのです。


じつは、私は一四歳の頃から二三、四歳まで日記を書いていました。しかし、記憶を確かめるのに、その日記はまるで参考になりませんでした。今日、何が起きたとか、何を食べたとかは、まるで書いていないのです。何やら呪文のような哲学的命題について、意味不明に論じているものばかりでした。


私が「一万年生きた子ども」をやめたとき、襲いかかってきたのは体の不調でした。無理がたたった私の心は言語化できずに、体の不調という表現を使ったのです。

私は高校時代、母の統合失調症について言語化し、表現する手段を何一つもちませんでした。不登校の子どもが「お腹が痛いから学校に行きたくない」と言うように、私もまたそういう表現手段で、「一万年生きた子ども」の後を生きていたのでした。

確かに高校で留年したときは、とにかく調子が悪く、寝ていることしかできませんでした。こんなんじゃいけないと、ビジネスマンが持つようなトランクを突然買って、必要なものを詰め、日がな一日、川べりを行ったり来たりしていたこともあります。それは、自分では家出のつもりでしたが、夜にはちゃんと家に帰っていたので、日中家にいないだけの話でした。

私が一万年生きた子どもをやめた後、病状がある程度落ち着いた母は、極度の心配性になっていました。私がちょっとでも家に帰らないと、すぐに電話をかけてくるのです。その頻度が尋常ではない。連続で八回くらいかけてくるのです。思春期の娘を持つ親はみんなそうなのかもしれませんが、私は辟易《へきえき》し、母親からの電話には一切出なくなっていました。心配性になった母をうっとうしく思っていたのかもしれません。

でも母は、私が派手な恰好で出歩くと、「かっこいい!」と言って一番に喜んでくれるような人でした。母にとっては、金髪もかっこいい、ミニスカートもかっこいい、厚底ブーツもかっこいいのです。

私が高校時代を過ごした一九九〇年代は、ミニスカートに厚底ブーツが流行っていました。私はお金もないのに、友だちと夜遊びに出かけて、朝帰りとなってしまい、タクシー代もないので、厚底ブーツで駅まで四〇分も歩いたりしていました。

体調不良で寝たきりになるかと思いきや、突然夜遊びに行く。当時の私はめちゃくちゃでした。何かしなくてはいけないと焦っていたのです。何もしないで落ち着いて休んでいることができませんでした。そうすると罪悪感が襲ってくるのです。だから、夕方から起き出してあちこちに出かけたりしていました。


「一万年生きた子ども」であった頃の「後遺症」と書きましたが、じつは私は今も「一万年生きた子ども」です。苛烈に生きた子ども時代から倒れてしまった高校時代、そして、格闘しながらも穏やかに生きる現在。私は、生涯「一万年生きた子ども」です。

「一万年生きた子ども」の後遺症、または、今も「一万年生きた子ども」であるとはどういうことでしょうか？

たとえば、私は人の機嫌が気になってしょうがないということです。

母の統合失調症の妄想と現実世界との調整役を勝手に担っていた私は、母の機嫌を完璧に理解できると思っていました。誰よりも母の気持ちがわかる、妄想のことだってわかるという自負がありました。そのことが、今になって、猛威を振るっています。

私は、パートタイム労働者として週三日、一日五時間の事務仕事をしていました。その上司の機嫌が気になってしかたがないのです。「はい」の言い方一つで、「私は嫌われたかもしれない」とか「さっきのミスで不機嫌に違いない」とか思うのです。

それは、「一万年生きた子ども」の頃に培われた「母の機嫌を窺う」という能力の暴走です。私はこれをやめることができません。私は今は自助グループに通っていますが、そこで、「それは妄想だよ」と指摘されるまで、それが正しいのだと思い込んでいました。私は妄想には無力です。無力だと認め、自助グループの仲間に「また、上司の機嫌が気になってしかたなくてさ」と話すことで、現実を自覚します。

「一万年生きた子ども」であるとは、現実から乖離した状態を生きるということでした。だって、八歳の子どもが、統合失調症の妄想に巻き込まれている母親に、何ができたというのでしょう？　何もできません。大人だって何もできないのです。それなのに、私は、「自分ならなんとかできる。がんばればこのピンチを回避できる」と、パワーアップ・スペルを自らに唱えて、その場を乗りきったと思っていたのです。現実は、母が妄想のままに行動するのにただついていったりしていただけでした。現実を正しく見る能力を失っていたのです。正確には生き延びるために失わされていたということでしょうか。

だから、私は今も現実を見る力が弱いのです。すぐに「万が一が起こったらどうしよう」という考えばかりに囚われてしまいます。子どもの頃には、母親が警察で保護される、夜中に突然飛び出していなくなってしまうというような形でその懸念が現実化していました。でも、今はそんなことは起きないのです。なのに、「万が一」に備えるために突出した能力は消えてくれません。

きっと、私は一生「万が一」を心配して生きるのでしょう。でも、そのたびに、「起きたら考えればいいよ」と自分に声をかけるのでしょう。

母と仕事

母は、私が高校生になる頃にはバリバリ働いていました。しかし、そのどれもが非正規でした。母は正社員として働いた経験はありません。

工場の作業員、掃除婦、中華料理店のホール業務、化粧品の訪問販売、ジュエリーショップの店員、呉服屋の店員……さまざまな仕事を転々としていました。

掃除婦をしていたときには、大黒ふ頭という海上出入貨物のコンテナが行き交う場所に朝の五時からバスに乗って出かけていき、工場の掃除をしていました。そこはかつて、母が日本画の大作にしようと意気込んで、橋ができるまでの過程をスケッチしていたところです。橋はもう、すでに完成していました。

母は眠気をこらえて出勤します。仕事は午前中で終わります。掃除婦なので、人のいないときにやっておくのです。今でも、「掃除婦の仕事はたくさん稼げた」と言います。当時、掃除婦の仕事の時給が特に良いわけでもなく、母は初めてお金を手にした喜びを語っていたのだと思います。

化粧品の訪問販売の仕事では、きらびやかなスーツをたくさん買って、毎日のように青、赤、緑、と違うものを着て出かけていきました。駅前にあるお気に入りのタキというセレクトショップの店長さんとも仲良くなり、何かと買い物をします。大きなアイシャドーパレット、化粧下地、ファンデーションなどがたくさん入った化粧品ボックスを持って、母と姉は仕事に出かけていきます。姉は精神障害になり大学受験ができず、母と働いていました。姉は、精神障害になる前までは東大も合格できるというほど勉強のできる人でした。しかし、それは化粧品などの元手を考えるとまったく稼げない仕事でした。何しろ、化粧品はすべて買取で、それをお客さんに売って儲けるというしくみだからです。見た目はきらびやかに見えても内実はそうではありませんでした。

母はまだ三十代の終わりで、とてもきれいでした。私がかつて母にお願いした通りに母は痩せ、また、普通の人にも見えるようになりましたが、私はどこか安心できませんでした。きれいな母が絵を描かなくなって、私は居心地の悪さを感じていたのでした。私は母が絵を描いていることに誇りを多少なりとも感じていたのだと思います。母は何より絵が上手だったので。しかし、まるでそんなことを忘れてしまったかのように、普通の人としてふるまうのです。

母はもう、統合失調症の影などみじんも感じさせず生きていました。唇も震えないし、ダイエットにも成功しました。突き出たお腹もすっかり引っ込み、九号のスーツをたくさん買いました。でも、薬は飲んでいました。

しかし、母は人知れず絵が描けないことを悩んでいたようでした。母は私が一〇畳のリビング――かつて一〇〇号の絵を描いていた準備をしたまま、母の病気で時が止まった部屋――を片づけることを快く思っていませんでした。私は自分の個室がほしくて必死で片づけていたのですが、母は何度も私に「ママの途中の絵はいずれ描くのだから捨てないでほしい」と言いました。

私はそのとき、母の絵の価値を認めていませんでした。結局描くのをやめてしまったではないかと。夢破れたんだと思っていたのです。父も数学が好きなのにスーパーの店長をしていて、休みの日を数学の勉強にあてている。まだ若かった私は、父は大学教授になりたかったのだと勝手に勘違いしていましたが、違っていたようです。母が日本画家になりたかったのは本当です。

「ママにとって、宝石を砕いてできた絵の具がジュエリーの代わりなの」と言っていたのに、ジュエリーを買いまくるようになりました。私はそれが悲しかったです。母は絵が描けない代わりにジュエリーを買っているのでしょう。

母は睡眠薬を飲んでも眠れない夜などは簞笥からジュエリーを取り出して眺めていました。二階の洗面台の脇にある簞笥の二段目と三段目が母のジュエリーボックスでした。金時計、さまざまな宝石でできたピアス、パール、サンゴのネックレス、菊の彫金を施した指輪、べっこうの髪飾り、つげ櫛、さまざまな太さ・形の金のネックレス。母にとってはそれが至福の時間のようでした。

でも、私はそんな母の様子が好きではありませんでした。母の絵も嫌いになりました。どうせ、挫折した芸術家なんだと馬鹿にしていたのだと思います。そして、自分は絶対に挫折しないで小説家になるぞと意気込んでいました。

母はジュエリーを買うために街金で借金をするようになりました。

最初は街金で借りていたのですが、それでもパートをしていたので返せたのだと思います。ところが、パート労働をしなくなり、お金の工面に困っていました。

「お母さんいますか？」

また、街金から電話がかかってきました。私は母に受話器を手渡します。母は小さな声で「今月は無理です。一万円ならなんとか、来月返しますから」などと言っていました。

母は働いていたといっても、低賃金のパート労働で、そんなに長続きした仕事はありませんでした。長くて一年二年といった調子でした。

母は質屋通いとなりました。もともと、ジュエリーも新品のものではなく、質屋で買っていたのです。質屋では金はいいお金になりました。たくさんあったジュエリーは次々と質屋に売られていき、空き箱ばかりになりました。母は私が中学生や高校生の頃、おしゃれをして出かける私に、自分のジュエリーをよく貸してくれました。私がある日、ジュエリーケースの引き出しを開けたとき、空き箱だけになっていて悲しい気持ちになったのをよく覚えています。あとから母が話してくれたことですが、母は私の放送大学の学費もジュエリーを質屋に入れて工面していてくれたそうです。私はそんなことも知らずに、科目を取りたいだけ取って勉強していました。その頃、放送大学は私の生きがいでした。

母はいつまでも、一〇年二〇年たっても、タキで買ったもう着られないスーツを手放そうとしません。部屋が片づかないから捨てては私が言っても、「いつか着るかもしれない」というのです。そんな日は二度とこないと私にはわかっています。

他にも私は母を混乱させることをしています。食卓の横に山盛りのビニール袋で精神科の薬が置いてあるのですが、私がいらないものは捨ててくれと言って勝手に片づけたことがありました。母はとても怒りました。当然です。特に精神科の薬は何種類もあり、飲むのに混乱するから、母は触らないようにしていたのです。

そのとき母は働いてはいましたが、統合失調症の症状が残っている部分があり、特に薬を触られるのを嫌がりました。私はただ、捨てるものを捨てて、残すものを残せばいいと簡単に考えていましたが、その判断は容易にできるものではないでしょう。もし、また症状が出た万が一のときのために取っておこうと考える人も多くいます。今は服薬管理のために、一日分の薬を一パックに薬局がまとめてくれるなどのサービスがありますが、当時はなく、母は戸惑っていたのでしょう。

私は一万年の子どもを生きた後、母と一心同体ではなくなったことで、母を理解することがあまりなくなりました。母に自分の価値観を押しつけていたと思います。

母は電化製品がひどく苦手で、お風呂の湯沸かし器のスイッチを入れることもできません。万が一溢れたらどうしようと思うとスイッチを押せないのだそうです。私としては、そんなことは起きないし、「沸かす」というスイッチ、「お湯をためる」というスイッチを押せばいいだけだと説得するのですが、聞き入れません。なんで、そんな簡単なこともできないのだと当時の私は思っていました。でも今なら、そういうのが苦手なら、私が代わりに押せばいいとわかるのです。

母は私が高校四年生の頃（私は高校を留年しています）にはもうパートに出ることもなくなっていました。

でも母は、折に触れ、「また働きたい」と私に言うのです。働きたいのならば、求人広告を見て、履歴書を書いて、面接に行かなくてはなりません。なぜ、母がそうやって動き出さないのか、私は不思議でなりませんでした。そして、私はだんだん「働きたい」というのは口だけで、本当は「働きたくない」のだと思うようになりました。

「働きたい」という母に「じゃ、履歴書書けばいいじゃん」とそっけなく返すのです。私はかつて働いていましたが、今も「働きたい、でも、できない、働かなくたっていいじゃないか、何が悪いのか」と働くことに関して複雑な思いを抱いて生きています。きっと、その頃の母もそんな気持ちだったのではないかと今は思います。

統合失調症を抱えながら働くというのはとても大変なことです。統合失調症の薬は運動機能を奪ったり、思考に靄《もや》をかけたりすると母から聞きました。薬で一〇年ほど緩解していた母は、絵が描けなくなっていたのです。杉見先生は、精神障害者は働けという方針の医者でした。母はそれに従っていたのです。確かに、家で何もすることもなく人からも孤立しているより働いているほうがよかったと思います。けれど、働くというのはとても大変なことで、母はそれも感じていたのでしょう。働いてお金がほしいけれど……という葛藤のただなかにいたことを私は「結局、口だけでしょ」と言って、まったく相手にしませんでした。

おそらく一六歳か一七歳の頃です。私は一万年の子どもであった頃の後遺症で全身の調子がおかしくなっていました。過呼吸になって一人で救急車を呼んで、家の前にうずくまり、救急隊員の人に「過呼吸だから、家に戻って大丈夫だよ」と言われて、そのまま救急車は行ってしまいました。私は助けてほしかったのです。救急車に。

そんな状態でしたから、母にももちろん助けを求めていました。母は母なりに愛してくれていましたが、私の望む助けではありませんでした。何より、私が高校生になっても母の病気そのものは良くなれど、薬が必要な状態だったのです。

高校生になり小学生のときのように食べるに困る、近所から嫌がらせを受ける、学校の行事に困るということはなくなりましたが、私はやはり依然として困っていたのでした。というより、困っていなければなりませんでした。一万年の子どもとして生きてきたことが誤作動を起こし始め、まわりが正常に動き始めたことに、私が適応できなくなっていたのです。私だけが一万年の子どものルールで生きていました。未だに世間と病気の間をすり抜けるように母のことを調整していたのです。しかし、母にとって、もうそのような手助けは必要ありませんでした。

私は、その力が自分をどんどん壊していくのを感じていました。やたらと人の機嫌が気になることなどが代表例です。人の気分を良くしなければ、生きている価値などないと思っていました。だから、母の機嫌はあいかわらず気になりました。

母は普通の人のように見えるようになってもなお、一カ月に一回は何かしらのことで怒鳴っていたように思います。その相手が父だったり、姉だったり、私だったり。そのたび、私は怯え、どうにか母を鎮めなければと奮闘したのです。その奮闘が無駄だとも知らずに。

また、鬱病になった姉の機嫌も気にかかり始めました。姉はどこかに母と三人で外出しても、突然、しゃべらなくなって暗い顔になってしまうことがありました。私は姉の機嫌を取ろうと「どうしたの？」と質問するのですが、姉はしゃべりません。そして、外出の予定は台なしになり、三人で無口になったまま家に帰るということがよくありました。

私は一万年の子どもであることはなんとか生き抜きましたが、その後の人生は楽なものにはならなかったのです。

女の子の友だち

ようこちゃんの家に泣きながら電話をかけて、泊めてほしいと言いました。それは最寄り駅の電話BOXでのことです。九十年代当時はまだ携帯電話がなく、あってポケベルでした。公衆電話がそこかしこにあった時代です。

母とのいさかいが原因でしたが、なんでそうなったか今は覚えていません。ただ、家を飛び出して、もう戻りたくないと思ったことはよく覚えています。季節は秋でした。ようこちゃんのお母さんは、「家に電話するなら泊めてもいいよ」と優しく答えてくれました。その日、行き場をなくしていた私は、ようこちゃんの家に泊まることになりました。その頃は、まだようこちゃんと特別に親しいわけではありませんでした。けれど、私はようこちゃんと親しくなりたいと望んでいました。

ようこちゃんは私が高校一年生で恋した人なのです。私の前の席に座っていました。振り返ってプリントを渡してくれたとき、その可愛さに一目惚れしてしまったのです。だから、私はようこちゃんと友だちになろうとがんばって話しかけ、友だちになることに成功し、お互いの家の電話番号を交換するまでになりました。けれども、泣いて泊めてくれと懇願できるほど当時は親しくありませんでした。

　ようこちゃんの家は古い巨大なマンションの四階でした。部屋は三間しかなく、私のためにリビングに布団を敷いてくれました。ようこちゃんのお母さんも、ようこちゃんも、私が家を飛び出した理由は詳しく聞かず、歓迎してくれました。

　ようこちゃんの家はお父さんが不在のことが多く、出張なのか別居なのかは詳しいことはわかりませんでした。けれど、ようこちゃんのお母さんはとても疲労しているように見えました。目にクマの跡がくっきり残り、髪もぼさぼさでした。

「お腹空いてない？　何か食べる？」

　ようこちゃんのお母さんはキッチンで私に軽食を作ってくれます。何も話さない私を見て、ようこちゃんも心配そうに横に腰かけました。

「家に電話できる？」

　私は何も言わずに固まってしまいました。

「そうね、電話番号教えてくれる?」

ようこちゃんのお母さんはそれ以上何も聞かずに、自ら私の自宅に電話をかけてくれました。涙の出るような優しさに、私は苦しくなりました。私の家では決してないことだからです。

私は、二人に何か言わなければとはあまり思いませんでした。なんだか、ここなら甘えてもいいんだと思えたのです。甘えの許されない家庭環境で育った私は初めて、子どもらしく甘えること許してくれる「お母さん」というものに出会った気がしました。私の気分を気にかけてくれるようこちゃんのお母さんとようこちゃんは、私が欲してやまないものでした。

その夜は気もそぞろに軽食を食べ、「さぁ、早く寝ましょう」というようこちゃんのお母さんのかけ声とともに電気を消して寝ました。不思議とすぐに眠れたのを覚えています。ようこちゃんの家のリビングの窓からは街明かりが見えていて、部屋の電気を消しても真っ暗になりませんでした。私は街明かりをぼんやり見て寝たのを覚えています。私の家は二階建ての一軒家ですから、高いところから街を見下ろせるのが珍しかったのです。

その翌日、学校に行ったかどうかは覚えていません。

けれども、家には帰りました。怒られたりはしなかったと思います。母は極度に心配していましたが、父は何も言いません。父はその頃、仕事が忙しく、休みの日は数学の勉強にあてていて、家族のことにかまっている暇がまったくありませんでした。

父は母の病気に偏見がない代わりに、無関心でした。母の陽性症状（幻聴・幻覚が聞こえてテンションが高い状態）のときはケアをするものの、統合失調症特有の陰性症状（重い鬱のような状態）のときは何もしませんでした。母の病院の付き添いなどもほとんどしません。でも、母の自由にはさせていました。

私はそんな父へあてつけるために、自殺未遂のまねごとをして風邪薬を一瓶飲み、その残骸をわざとリビングに転がして寝転んでいたこともあります。その様子を見た父は何も言わずに去っていきました。

私はともかく自分に注目してほしい一心でした。一万年の子どもとして生き、私は母に奉仕をしてきました。だから、母が見かけ上の健康を手に入れた今、私の番だと思ったのです。私をケアしてほしいと思いました。

私を大切にしてほしい、愛してほしい、ただそれだけを願いました。それは、八歳の私が一番願っていたのに、叶わなかったことなのです。それを一六歳で取り戻そうとしていました。

私は一万年の子ども時代、確かに母に愛されていた記憶があったはずです。でもそれは、病の中に発揮される閃《ひらめ》きのようなかすかなものでもありました。基本的に母は私を愛してくれていました。統合失調症で自分が一番辛い状態でも、私を守ろうと近所からのいやがらせと闘ったりしてくれました。でも、世間での私の居場所をつくるという面ではそれはまるで逆効果だったのです。

一万年生きた子どもであった私は、徹底的に疲労していました。今まで自分のことを後まわしにして母のケアにあたっていたツケがまわってきたのです。母がもう大丈夫だと思ったことで、初めて私自身が病気になれました。

一万年の子どもとして生きるとは、本来大人になったときに使うような力を子ども時代に使ってしまうことです。だから、思春期になると、子ども時代を取り戻したくて反乱を起こしてしまうのです。八歳のときに子どもとして生きさせてもらえなかったという恨みが私の原動力になっていました。母も姉も父も恨んでいました。

私は一万年生きた子どもとしては、小学校・中学校時代は優等生だったと思います。

小学校一年生の頃からカップルのようにニコイチになってしまう女の子の友だちをもちました。それは、私がその友だちに一目惚れするところから始まっていたので、恋といってもいいと思います。女の子にキスしたいとか性的なことをしたいとかは思いませんでした。ただ、その子にとって一番の存在でありたいと願い、一番仲良くなりたかったのです。

小学校一年生のときは、村雨さんというおかっぱにジャンパースカートがよく似合う無口な子に一目惚れしました。私が守るんだという一心で、その子をからかう男子生徒と喧嘩していました。私はすぐに男子生徒に反撃するので、小学校では「鬼婆」というあだ名をつけられていましたが、へっちゃらでした。男子生徒になんと思われていようと興味がなかったのです。私はただ、村雨さんへの愛で溢れていました。村雨さんが自転車に乗れないと聞けば、家まで行って、彼女に自転車の乗り方を教えました。自転車に乗れるようになると、小学生は行動範囲が一気に広まります。村雨さんと自転車でいろんなところに行きました。

村雨さんはおばあさんと大きな池のある立派な家に住んでいました。家に行くとおばあさんが私を一人前の人間のように歓迎してくれ、「たけこと友だちでいてくれてありがとう。これからもよろしくね」とお菓子をふるまってくれました。私は誇り高い騎士のような気持ちになりました。村雨さんを守らなくてはいけない。村雨さんは実際、私の大切なお姫様でした。

村雨さんは自分の普段やっている遊びを見せてくれました。もう、何度も解いたパズルをばらばらにしてまたやってみせてくれるのです。私にとってはひどく退屈な遊びでした。村雨さんは無口で引っ込み思案で一人遊びが多かったからそのようなことをしていたのだと思い、不憫になりました。だから、私がもっともっとたくさんの面白い遊びを教えてあげよう、世界は広いのだと教えてあげようと思いました。村雨さんの家の広い庭の探検ツアーを私は開催しました。

「こっちについてきて」

細い塀の上で手を広げ、バランスを取りながら慎重に歩きます。村雨さんもそれに続きます。二人して、一メートルくらいの塀を伝いながら、庭をぐるりと一周し、竹林まで来たところで探検は終了しました。村雨さんはこの探検をいたく気に入り、何度も何度も二人で同じ道で遊んで、日が暮れていきました。

そうして私と村雨さんの蜜月は続くかに見えて、ある日パタリとやみました。村雨さんが引っ越してしまったのです。彼女の父母は夜しか家にいませんでした。あるとき、村雨さんに内緒で隣の部屋に行ったら、小学生くらいの男子が使っているような部屋がありました。おそらく、村雨さんの兄のものだったと思います。兄の話は村雨さんから一切聞いていませんでした。村雨さんには何か複雑な事情があって、それでおばあさんの家に預けられていたのだと思います。

そんなふうに私は小学校二年生では佐倉さんと、小学校五、六年生では萩原さんと、ニコイチ関係の女の子の親友をつくっていました。今にして思えば、その友だちを守ってあげたいという気持ちがあった点で、みんな共通していました。

私が好きになる女の子はみんな色白で雪ウサギのようなつぶらな瞳をしていました。黒髪が美しく、誰からも美しいといわれる子どもが好きだったのです。私は実際面食いでした。クラス替えがあると飛びきり一番の美人に恋をして、首尾よく友だちの座に納まってしまいます。そして、その子を守ろうとし、その子がクラスの他の生徒と仲良くできるようにと苦心するのです。私のただ一人の大切なお姫様を守る騎士の役をやるためです。それは母にやっていたコントロールそのものでした。仲良くしてもらっている友だちも一人の人間です。自分の意志があり、それに私が介在できるはずもありません。けれど、私はその子のためを思って、なんでも代わりに自分が決めていました。だから、大人しい美人を選んでいたのです。今考えるとぞっとする話です。わずか八歳の子どもが、友だちをコントロールすることで自尊心を得ていたなんて。母におこなってうまくいったと勘違いしていた方法を、友だちにも試みていたのです。それは病んだ関係でした。

私はそれを高校一年生でようこちゃんにも試みていました。そして、それはようこちゃんのお母さんも巻き込みました。今度は自分が守ってあげるのではなく、守ってくれる相手として探していたのです。人を人と見ないような、人を手段としてしか見ないようなひどい扱いです。でも、当時の私にはそれが精いっぱいでしたし、自分がそんなおぞましいことをしていると気がついてもいないのでした。

私は人を利用していたのです。人間関係を食い物にして生きる魔物みたいな存在になっていました。自分に手を差し伸べてくれる相手にくらいついて離さず、同情を誘ったりするのです。自己憐憫でいっぱいになり、「統合失調症という大変な病をもつ母に育てられたかわいそうな私」のことばかりを考えていました。いや、正確には考えることもできませんでした。それは、自然と素直に、なんの考えもなく出てくる当たり前のことだったのです。それが異常であるなどとは気がつきません。ただ、私は親しい友人たちには「特殊」な家庭環境のことを言って聞かせました。その頃、私の人間を選ぶ判断基準は「この人は私の母を見て差別するだろうか？　しないだろうか？」というものでした。

すべては母基準でした。母の統合失調症で差別されてきた私は、人を見る目をそこでしか判断できなくなっていたのです。

留年

「一万年生きた子ども」の力が決定的に失われたのは、高校二年生の留年でした。

私は高校二年生の夏休み後から学校に行かなくなり、太宰治ばかりを読んでいました。学校に行く道すがら太宰を読んで、学校などくだらないと思って帰ったこともあります。学校はどの駅からも遠く、三〇分ほど歩かねば着かない川沿いにありました。男の子たちは卒業記念にボートで川を下って家に帰るという遊びをしていたり、両手放しで自転車に乗り、ハンドルに雑誌を置いて読みながら帰ったりしていました。

私は不登校になろうと思ってなったわけではありません。

まず、朝起きられなくなりました。高校二年生の一月から朝昼晩の抗うつ薬などをもらっていました。今にして思えば、薬の副作用で起きられなくなっていたのかもしれません。というのも、大人になってから、朝が得意になったのです。それは薬を最小限に抑えて、夜眠る前だけにしたからです。もちろん、青少年期というものはやたらと眠いものですが、薬の影響はあったのではないかと思います。

毎日、学校に遅刻していきます。その頃からだんだん、朝起きられないし、どうせ遅刻するなら、もう学校へは行かなくてもいいやと思うようになっていきました。いや、太宰治を読みながら川べりを歩いたり、学校なんて意味がないのだと思ったり、いわゆる思春期に差しかかっていたのだと思います。ただ、その思春期、反抗期とも呼べる時代に、私は体調まで崩しています。

過呼吸になり、食事ができなくなりました。母は高校生時代、ゼリー飲料しか飲めなくなった私をひどく心配し、とにかくご飯を食べさせようと必死でした。でも、私は生きることを拒否していたのです。生命力のない体になるのが理想でした。がりがりで凹凸のない体になりたかったのですが、それは痩せたかったというより、不健康な人形のようになりたかったという気持ちが正しいと思います。理想的な、健康的な体を憎んでいました。骨と皮で骸骨のようになりたかったのです。

私は明確に死にたいと思ったことは数回しかありませんが、その頃は生命力のようなものを嫌悪していました。健康とか清く正しくとか、そういうものも嫌悪していました。病気である自分に酔っていたのです。自己憐憫が激しかったのだと思います。自分をかわいそうだとは思いませんでしたが、複雑な生い立ちと、母が統合失調症であることで失われた私の子ども時代を思って、世を恨んでいました。

精神病者を差別した連中すべてを憎んでいました。あのとき、誰も助けてくれなかったじゃないかと。今、被害者である私が病気にならなかったら、差別はなかったことにされてしまうのです。私は病気でなければいけませんでした。「一万年生きた子ども」である証として病んでいたのです。

そして、私はようやく病という助けを得て、自分の命を生きる術を教えてもらったわけですが、それは健康的なものにはもちろんならず、死にたいと思うわけでもなく、ただ、体が不調になっていくという表現の形を取りました。

その頃、私はリストカットを繰り返していました。リストカットというのは、自殺未遂とは違い、カッターやカミソリなどで体のいろんな部分を傷つけることです。私の場合は両手の甲から腕にかけてでした。死ぬために切る部位である手首に傷をつけたことは、ほとんどありません。私はわざと目立つ部分につけていたのだと思います。

リストカットをする人の中には、二の腕や太ももなどの見えない部分を選んで傷つける場合などもあります。私のリストカットは「一万年生きた子ども」の後遺症を生きているという表現手段の一つでした。自分がどれほど傷つけられたのかを、自らの体を切ることで可視化したのです。

たくさん傷つけた後は必ず大原クリニックに行きました。そして、傷を大原先生に見せるのです。それを誰かに見てもらって、気の毒がってもらわないとだめでした。

リストカッターを「どうせ死ぬ気もないくせに、かまって病だ」と揶揄する人がいます。その通りだと思います。でも、それの何が悪いのでしょう。かまってもらわないと、居ても立ってもいられない苦しい気持ちを抱えているのです。そんな私がケアを求めて、本当に何が悪いのでしょうか?

私にとってリストカットは表現でした。言葉にできない自分の苦しみの表現です。「自分の体を傷つけてはいけない」と言う人もいるでしょう。でも、そうしたら私の苦しみはどう表現すればいいのでしょうか？

私はリストカットを通じて人とつながっていました。私が一番安心するのは、リストカットをした後に誰かに手当をしてもらった、包帯のまかれた手を見ることでした。言語化できない苦しみが、私から滲み出ていました。

リストカットの傷は二十年あまりたった今でも残っています。私は今、それを時計で隠しています。何か聞かれたら、「バーベキューのときにやけどしちゃってさ。だから、こんなふうに平行線の跡がついているの」という言い訳も用意しています。でも、二十年たっても残るこの傷を、私は愛おしく感じます。

私は今、こんなふうにエッセイを書いたりして、自分の苦しかった胸の内を表現することができるようになりました。だから、リストカットはもう必要ないのです。

リストカットをする理由は千差万別あり、私がこうだからといって、他の人もそうだとは限りません。そこに注意が必要です。他の人の話を聞くと「切ると血が出て生きている気がした」とか「切ると気分がすっきりする」などがあります。

私はそんなふうにリストカットをしたり、拒食をしたり、過呼吸になったり、朝起きられなくなったりして、とうとう学校に行けなくなり、そして、留年したのでした。

担任の先生から留年が決まったと言われて、学校に戻る気があるかどうかを聞かれました。私の通っていた高校では、その年に留年したのが私ただ一人でした。進学校ではありませんでしたが、真面目で勉強のできる子どもたちが通っていた校風のため、そうなったのです。


私は父に「フリースクールに行ってみたい」と言いました。

もう、学校には戻れないと思ったのです。毎日学校に通うことも現実的ではありません。何しろ、朝起きられないのです。父にしてはめずらしくすばやく対応してくれ、私は東京都心にあるフリースクールに父と見学に行くことになりました。フリースクールは雑居ビルの二、三階を借りて運営されていました。

生徒たちはもちろん制服を着ていません。しかも、授業のようなものも行われていませんでした。教室には、五、六人がパラパラといるといった感じです。授業は、子ども一人ひとりのペースに合わせて、先生と一対一で行う方式で進められるとのことでした。その様子を見学させてもらいましたが、先生と生徒が友だちのように接する空気になじめませんでした。
先生と生徒というのは、明らかな権力関係の差があります。友だちではありません。私には今目の前で展開されている、「先生と友だちふうに接する」という関係性が、欺瞞《ぎまん》にしか感じられなかったのでした。当時はそんなふうに言語化できませんでしたが、気持ちが悪いと感じました。私は同じようにはできないと思ったのです。生徒が明らかに先生に甘えたようにしているのも不満でした。そして、先生はそれを許しているのです。それは、「もし、この甘えを許さなければまた不登校になるぞ」という脅しにも感じ取れました。フリースクールの空気は澱《よど》んでいました。

帰り道、電車の中で私は父に「フリースクールじゃなくて、学校に行く。留年する」と伝えました。父は特に驚いた様子もなく、「わかった」とだけ言いました。もともと淡々としている人なのです。娘が不登校になっても、「学校に行きなさい」などとは一切言いませんでした。というか、あまり子どもたちに興味がないのではないかと私は内心思っていました。数学のことだけが、父の関心の的なのです。

そうして、私は学校でただ一人の留年生をやることになったのです。

二回目の二年生の始業式の日、かつての担任の先生が私を密かに呼び寄せました。

「ナガノさん、これから、体育館にみんなで並ぶけれども、気まずかったら、出席しなくてもいいからね。新二年生の列に並びたくなかったら、それでいいんだよ」と言いました。

腫れ物に触るような扱いだなぁと私は思いました。けれども、それを口には出しませんでした。

「大丈夫です。新二年生の自分のクラスのところに並びます」

「そ、そう？ 嫌だったらいつでも言ってくださいね」

私は校内ただ一人の留年生として、それからあと二年高校に通うことになりました。

そして、私はそのとき、校内でただ一人の金髪でした。私の通っていた高校は校則を破る人がほとんどいないため、校則があってもなきものとされていたのです。先生から金髪について注意はされませんでした。留年するというのは、思った以上にまわりに気を使わせるものなのだなぁとぼんやり思いました。

体育館に行って、始業式の列に並んだら、私の目の前の女の子が赤い髪でした。その子は、校内唯一の赤髪です。とてもシンパシーを感じていました。そして、その子が私の留年時代の初めての友だちとなりました。その子が振り返っても、私が高校一年生で好きになったようこちゃんのときのように、恋をすることはありませんでした。ニコイチの関係にもなりませんでしたし、恋人になりたいとも思いませんでした。私が初めてまともにつくった「友だち」と呼べるかもしれません。

私の留年生活は順調に始まりました。担任の先生は五十代の男性で、私と取り立てて仲良くしようとしてくるタイプではなかったのが助かりました。

私はこの留年生活のなかで、遅刻しないで学校に行ったことは、ただの一度もありませんでした。それでも先生には何も言われませんでした。赤髪の子も同じように遅刻の常習者でした。

二人してその学期の初めに、はたして何日休んだら授業の単位をもらえなくなるのかを、手分けして先生に尋ねてまわりました。そして、手帳に書き込み、遅刻なら一〇回までOK、一五分以上の遅刻なら欠席に換算、欠席は五回まで、などの情報収集に余念がありませんでした。二人とも常に赤点を取っていました。それでも、ぎりぎりでもいいから、高校を卒業するんだという同盟を組んでいたと思います。
そうして、私は留年を乗り越え無事卒業したのです。

二十年あまりたった今でも、私は高校の単位が足りなくて卒業できないという夢を見ます。あの頃はぎりぎりでした。やはり常に朝は眠く、体は鉛のように重く、「一万年生きた子ども」の後遺症で、呪いの玉のようになりながら生きていたのです。それでも、生きていたのです。

私は、無事生き延びることができました。「一万年生きた子ども」の後遺症とともに生きる命ですが、それでも、私は今、幸せだと思います。

女性嫌悪《ミソジニー》

私は一四歳くらいから日記を書いていました。日記といっても「僕」という一人称で架空の先生に手紙を書くという体裁です。

日記にはここかしこに「女になりたくない」と書いてあります。内なる女性嫌悪《ミソジニー》でした。女性嫌悪が自分自身に向かってしまうと、女である自分を嫌いになります。自分の肉体が許せなくなります。私は第二次性徴期で胸が膨らんでくるのが嫌でした。少女時代の体を愛していたのです。胸が平らなのが良かったのです。

初めて生理になったとき、ナプキンを代えているところを、父親にトイレの扉を突然開けられ、見られたことがとても嫌でした。普段は慣習などを気にしない母親が赤飯を炊いたときは、複雑な気持ちでした。生理の血の色のような米の色。あまりにもあからさまです。

でも、女の子の風習として母が喜んでくれていること、それ自体はまるで正常な家庭のようでうれしかったのです。私はいつも結局、母を喜ばそうとしています。母には私への愛情がないと思ったり、愛しているのか試したりしながらも、結局、母に幸せになってほしいと思ってしまうのです。でも、それが自己と他者の境界線を越えて、自分の思い通りにすれば母は幸せになるはずという思考に乗っ取られて、人間をコントロールしてしまおうとするのです。

私が女である自分を愛せなかったのは、同性に恋をしていたからでもありました。当時はレズビアンという概念も知らずにいたので、同性に恋をすることがどういうことなのかわからず、女が好きな私は男になりたいんだろうと思ったのです。彼女たちが男の子たちに惹かれていくのを悔しい思いで見ていました。男は男に生まれただけで、女に恋愛対象として見られるなんてずるいと思ったのです。

他にも性別違和がありました。女の格好は極力せず、私は二十代前半まで男装で過ごしていました。成人式の写真にも男装で写っています。留年する前の一年生のときに仲の良かった友だちの家に遊びに行ったときに「彼氏でも連れてきたのかと思った」と言われたほどです。

私は男に間違われるのがとてもうれしかったです。男と間違われるようにだぶだぶのトレーナーを着て、キャップを目深に被って街を歩きました。でも、私は一六三センチしかなく、当時は食事を疎かにしていたので痩せていて、なかなか男に見間違えられることはありません。私は自分の胸が許せませんでした。さらしまでは巻きませんでしたが、なるべく扁平に見えるようにして、なおかつ胸が目立たないように猫背をしていました。

かといって、女の格好をしなかったわけではありません。友だちと夜遊びに繰り出し、高校生のくせにバーでお酒を飲んだりしました。やってはいけないことです。背伸びをするのが特に楽しかったのです。当時はクラブブームの終わりかけの一九九〇年代で、クラブにも女の格好をして遊びに行きました。とびきりの厚底のブーツのせいで足が痛くても平気です。慣れない音楽に身を委ね、目立とうとしました。そのときばかりは、上下揃いのブラジャーとパンツを着け、ミニスカートをはきました。でも、特にナンパなどはされなかったのですから、目立っているとは言い難かったのかもしれません。

私は女と男の間を行ったり来たりしていました。カメレオンのように入れ替わっていました。

私はその頃、少年愛を至高のものとする小説家・稲垣足穂《いながきたるほ》にはまっていました。そこには、女がどれほど少年に比べてだめなのかが列挙してありました。私は少年が好きで、自分も少年になりたいと憧れていました。少年といっても実際にいる少年ではありません。概念としての少年です。少年は大人よりも素晴らしい一瞬の時を生きる稀有な生き物なのです。だから、私は高校のスカートが嫌でたまりませんでした。少年といえば半ズボンをはくものです。私はどこからか学校の制服と同じ紺色の綿のズボンを仕入れて、それを半ズボンにリメイクしました。部屋ではいて、鏡を見ます。とてもいいけれど、お尻が大きくて、少年とは言い難いなと思いましたが、記念写真にちょっとしたポーズなどをとってみたりします。これを学校にはいて行ってもばれないんじゃないだろうかと私は迷いました。けれど、結局勇気が出ないまま、私服として活躍しました。

留年をして高校四年生になりましたが、私は相変わらず金髪でした。勉強もまったくできません。朝もまったく起き上がることができません。遅刻の日々でした。今なら通信制高校という手立ても思いつくのですが、当時はそんな知識もなく、全日制のこの高校を卒業しなくては高卒の資格はもらえないのだと必死でした。

私は高校を卒業し、学校の先生が止めるのも聞かず、放送大学に入学しました。哲学を勉強する気満々でした。放送大学なら、ラジオとテレビで授業が流されるので毎日通わなくてすむし、入学試験もありません。放送大学は私にとってパラダイスでした。わけもわからず最初に取ったギリシャ哲学の授業では、専門用語が多すぎてついていけず、教科書の一単元を読むのに一週間かかるといった様子でした。哲学用語辞典とにらめっこの毎日です。それでも私は幸せでした。学校に行かなくていいのです。午後の時間に起き出して、近くのチェーン店に入って安いコーヒーを飲みながら、一杯で六時間ねばりました。それが毎日の日課でした。けれども、その幸せにも終わりが来ます。哲学は徹底的に男尊女卑の世界だったのです。

哲学の本ではよく「賢明な読者の諸君はわかっていると思うが、」などという、賢明な読者であろうとする人びとの心をくすぐるセリフが出てきます。そして、それには女は想定されていないのです。当時、私が勉強していた哲学者はみんな男でした。女は皆無です。そのことにだんだん気がついていきます。女は読者にもなれないのか。じゃ、哲学を勉強する女の私ってなんなのか。男になればいいんだろうか。私は当時も男装していました。男装の哲人だったわけです。けれども、自分が病理化の末に「性同一性障害」と診断を受け、男の体に手術する気もありませんでした。私は男になりたいわけではないとそこでようやく気がつくのです。それまでは、男にはなりたくないけれど、女が嫌だ。女が嫌なら男になるしかないのか？　という性別二元論の罠にはまっていました。

ほどなくして、私は放送大学を卒業しました。六年かかりましたが、自分でもよくやったと思います。何しろ放送大学は誰も勉強しろと言ってくれるわけでもないし、教えてくれるわけでもないのですから。そして、放送大学を卒業すると同時に、男装もやめました。今でも覚えています。当時通っていたテレフォンアポインターのバイトの帰り道、これから就職するのなら、男装では就職できないんだろう。女として生きていかなければならないのだ、と決意したことを。

そして、私は就職活動というものを始めました。私は当時、チラシやカタログを作るデザイナーになりたくて、そういうものを集中的に探していました。それまでの本当の夢は小説家になることでした。けれど、それはあきらめたので、二番目の夢であったデザイナーならば実現可能だろうと思ったのです。求人が出ていたし、とりあえず働こうと思ったのです。求人がたくさんあるのだから、どれか一つには入れるだろうと思いました。けれど、当時は就職氷河期でまったく仕事が決まりませんでした。いいえ、それ以前に放送大学を六年かかって卒業したという時点で、新卒カードはなきに等しいものだったのです。私はそれにまったく気がつかず、身の丈に合わない求人に応募しては面接に行き、落とされる、を繰り返していました。おそらく五十社は受けたと思います。私はもう、意気消沈していました。

「ナガノさん、この求人ちょっと特別なんだけど、受けてみない？」

職安の人が机の引き出しからうやうやしく出してきた求人情報が、結局その後勤めることになった会社のものでした。職安と会社との間に、どういう袖の下があったのかわかりません。ただ、正式な求人ではなかったと思います。求人票はありましたが、その職員に特別に推すように何か会社から働きかけがあったのでしょう。

「女の子にはまず、朝、僕たちのお茶とコーヒーをいれてもらいます。それぞれの好みを覚えることも大切な仕事です。これができないと言うのならば、採用はできません」

面接は女性差別そのものでした。でも、私は「もう、雇ってくれるならどこでもいい。お茶をいれて給料をもらえるのなら、それでいい」と疲れていました。

私の仕事は事務の女の子です。まず、朝来たら、課長、係長、社員たちのコーヒーやお茶をいれます。係長はパック式のコーヒーを少しずつドリップするので手間がかかりますが、それが彼の好みなのでやらなければいけませんでした。

他に私に与えられた仕事は、パソコンが使えない課長の手書きの見積書を打ち込むこと、電話番、掃除、来客へのお茶出し、愛想をふりまくこと。でも、私は最後のものは一切しませんでした。私の歓迎会が開かれても、一言も喋りませんでした。

かつての日記には、「僕は女と言うものを嫌悪しているし、将来そんな生き物には絶対にならない」と書いてあります。けれども、私は今、まごうことなき女として生きています。それはフェミニズムとであったからです。

私は自分の女性嫌悪の正体が性差別の副作用によるものだとやっと知りました。私は自分を徹底的に嫌悪して、女であることが苦痛でしかなかったのですが、それは、女が二級市民として扱われるからです。自分も男のように一級市民として扱われたいのです。つまり、人権がほしいのです。私の当時の職場の待遇も性差別のただ中にあり、人権などありませんでした。

女であるからこんな仕打ちを受けるのだ。だったら、男になればいいのか？　そうじゃない、性差別が悪いのだから、男に変わってもらうのだ。それがフェミニズムの主張のように思えました。私は納得しました。自分が女性嫌悪に陥ってしまうことの悲しみがこの身いっぱいに押し寄せました。嵐を身の内に宿してしまったように私は精いっぱい怒りました。そして、社会のあらゆるところに潜む性差別に目くじらを立てました。そうして目くじらを立てる女がうるさいと言われたりすると、もう、私の出番です。目くじらを立てさせているのはどちらだ。女が意見を言うことを「うるさい」とレッテル貼りするのはどこのどいつだ、と闘いました。

そうすることで、私は女としての自信を取り戻しました。もちろん、性差別に敏感になることで辛いこともあります。私は上野千鶴子さんの東大ジェンダーコロキアムに働きながら通いました。当時はまだ、上野さんは東大の教授だったのです。今でこそ、私は上野さんとは考え方も違いますが、遙洋子さんの『東大で上野千鶴子にケンカを学ぶ』（ちくま文庫）が私にとって最初のフェミニズムの本でした。たぶん、タイトルに「ケンカ」という文字が入ったこの本が入り口だったからでしょう。私はフェミニストである以上、性差別をする男性を論破しなければいけないものだと思い込んでいました。

でも、フェミは喧嘩して勝つ方法ではありません。上野さんは舌鋒鋭く、性差別をしてくる男たちを言い負かします。それがかっこいいのです。だから、私もフェミニストになるということは言い負かせること、議論に勝てることだと勘違いしてしまったのです。フェミニストは議論もすることもあるでしょうが、議論とはそもそも勝つとか負けるというものではありません。

今の私にとってフェミニズムとは性差別に抗う思想で、勝つとか負けるとかはないものです。

私は病者

私は自分が病者であると自覚しています。それは、私がもっている双極性障害Ⅱ型などの精神障害を指すものではありません。人間関係をめぐる、私の「病」のことです。

私は、母の妄想の思考回路の行くあてを先読みして自身の安全を保ってきたという自負があったことによって、その先読みの思考がすべての人間関係に向いてしまいます。「自負があった」というのは、その子どもの頃の行いが、母と社会との折り合いをつけるために格別に必要であったかどうか、今となってはわからないという自覚からくるものです。

母が妄想によって何か行動をしようとすれば、私は妄想の中の登場人物になり代わります。母が勝手に家を出たり、病院めぐりをしたり、近所に怒鳴り込みに行ったりしないようにするためです。母の妄想の世界ではお坊さんがとても大事です。母はお坊さんと警察が好きなのです。私は母に「お坊さんとは外に行かないほうがいいよ」と言ってみたりして、なんとか妄想世界とのコンタクトを試みます。けれども、それはどれも失敗に終わっていました。私は、母の妄想世界の一番の理解者でありたいと思っていました。それは、世間が、母の妄想世界のことを侮蔑しているからです。

そんなふうに母の妄想に付き合っているのは、家族の中でも私だけのようでした。父は母の妄想を正面から「そんなことない」と言います。姉はどうだったでしょうか。あまり妄想の話に関わってこなかったかもしれません。

母の行動をコントロールしなければ、私の身が危うい。そういう状態で生きてきました。だから、ありとあらゆる方法を使って母をコントロールしようと必死だったのです。それは、世間の目から非難されず、母も機嫌良くいられるラインというものを探ることでした。けれども、もちろん、人をコントロールすることなどできません。

その愕然とした事実に、私は三〇年間気がつきませんでした。自助グループにつながったとき、「私たちは無力であり、思い通りに生きていけなくなっていたことを認めた」という文言にであうまでは。

それまで、私はその場の雰囲気を自分がコントロールしているのだと、ずっと思っていました。私が場をうまく取り仕切っているから、会話は楽しくまわり、誰も置き去りにすることなく楽しめているんだと。「無力」だなんて思ったことは一度もなかったのです。むしろ私がいるから世界はうまくまわっているんだ、くらいに思っていました。

まだ一九歳だった頃、美容院に行ったときのことです。私は美容師さんを楽しませようと、愉快な会話を矢継ぎ早に繰り出します。女の美容師さんは「ナガノさんってほんとに面白い方なんですね」と言って、楽しそうに相槌をうってくれます。もっと楽しい会話をしなくてはと、私はどんどんエスカレートしていきます。面白おかしくするために嘘もついたかもしれません。髪を整える目的で行ったのに、私はとにかく会話で疲弊しました。もっと美容師さんを楽しませないとだめだというプレッシャーに、呑まれていったのです。

今にして思えば、美容室は髪を切りに行くところなのだから、別に面白おかしい話をしなくてもよいのだとわかります。けれども、私は沈黙に耐えられないのです。沈黙があると、相手が楽しんでないいんじゃないか？　会話が弾まないのは私がつまらないからじゃないか？　等々不安になり、なんでもいいからと言葉を発してしまうのです。美容室なのだから、黙って髪を切るのは当然のことなのですが、それが理解できなかったのです。もちろん、おしゃべりが好きで美容室で会話を楽しむ人もいます。けれど、私にとっては美容師さんを楽しませなければという義務感ばかりで、ちっとも楽しくありませんでした。むしろ、焦燥感が勝っていたと思います。

結局、その美容室には二度と行きませんでした。だって、その日以上に面白い話をできると思わなかったから。美容室に行っているのに、髪型のことは一切記憶がありません。ただ、ひたすら面白い話をしなくてはという焦りからにじみ出てきた脂汗のことばかりが、記憶に残っています。

私の病の恐ろしいエピソードは他にもあります。それは、その場をコントロールしているという幻想からくるものなのですが、喫茶店全体の空気を良くしようとしたことがあります。

私はある日、友だち二人と連れ立って、喫茶店に入りました。

カウンタースペースはなく、テーブル席ばかりの店で、大きなガラスのウィンドウから明るい日が差し込む心地よい空間です。私はカフェラテを注文し、友だちと仲良く談笑していました。仲良く談笑するといっても、もちろんその場の会話は私が司会者のようにまわしているという幻想の中です。私は友だち二人とお茶をしている最中でも有意義な会話、楽しい会話をしようと四苦八苦します。それは思った以上に疲れる作業で、自分が頭の中に二人いるみたいなものです。一人は、場を仕切る指揮者としての私です。友だち二人が曇った顔をしていないか、会話は適切か、それぞれがきちんと話せているかなどを監視しています。もう一人は、会話の参加者としての私です。丁寧に相槌をうち、笑って見せ、愉快な話題を提供します。そうして会話は進んでいました。

ふとしたとき、そう離れていない隣の席の会話が私の耳に入るようになりました。指揮者の私が「隣の会話もスムーズにいくように、私たちの話をコントロールしなくちゃいけない。愉快で楽しい話で、隣の席の人が不愉快になるようなことは言っちゃいけない」と言います。もう一人の私ははらはらしてきました。友だち二人が隣のテーブル席の人たちに聞かせてはまずいような会話をしたらどうしようと思ったのです。

俄然、私は気になってきます。右隣のテーブル席が気になったら、左隣も気になり出しました。だんだん、店の人の声が頭で反響して自分が何を考えているのかわからなくなってきました。私はどの会話に一番注視していればいいのだろう。どの声を一番に聞けばよいのだろう。もちろん、それは私の友だち二人に決まっています。けれども、指揮をとりながら友だちの会話に集中しようとすればするほど、外野の単語が襲ってきて、気もそぞろになります。そして結果的に、私は喫茶店全体の空気をコントロールするために、自分の一挙手一投足を決めていたのでした。

それは本当に疲れた経験でした。そして、二度とない経験でした。

私は喫茶店を出たとき、多少気がついたのです。何かおかしなことをしているぞ、と。でも、その人をコントロールできる・したいと思う病はあまりにも深く根を張り、自分一人で気がつくなど到底できないところまできていました。それが病だと本格的に気がついたのは、自助グループにつながった後です。今でも、喫茶店で話していると隣の人の声が耳に入ることがたまにありますが、それをコントロールしようとは思いません。

私は母をコントロールすることに成功したと思い込み、それからというもの、人間はコントロールできるものなのだと思って、ずっと生きてきたのでした。

大変傲慢な思い込みです。その頃は、誰よりも人の気持ちが理解できるし、考えていることも手に取るようにわかると思っていました。「あーはいはい、あなたが言ってるのはこーゆことでしょ?」と上から目線で人のことを見ていました。人はコントロールし、考えを透視する対象となっていました。

私はまともな人間関係が結べなくなっていたのです。

人の考えを透視するとは先読みすることでもあります。それは不安を先取りすることにもつながります。あの人があぁ言ったらどうしよう? この人はこう考えているに違いない。だから私は今、こうすべき、ああすべきと、「べき」思考で何かもを決めてしまいます。

私の本当の意志というものは、ほとんどありませんでした。

それは、私が行動ではなく、反応していただけだからです。行動とは「私はコーヒーを飲もう」と思って、ポットにお湯を入れるようなことを言います。反応とは「あの人がコーヒーを飲みたいみたいだから、お湯を沸かそう」というようなことです。

私は常に人の顔色を窺って生活していました。

それはひとえに精神障害者の母を持ち、常に彼女の機嫌を窺わなければ生活すべてが壊れてしまうというような場所に育ったからです。

今はそんな必要はないし、ここは安全な場所だから人の顔色は窺わなくていいと言われても、人の顔色を見ることが生き延びることに直結していた思考回路はすぐにはなくなりません。というか、生涯なくなりません。

でも、なくならないからといって絶望しなくてもいいのです。頭で不安なこと辛いことをいっぱい考えて、それを考えるのをやめなければと自分を責める必要はありません。ただ、反応したときの行動を変えていけばいいのです。

先ほどのコーヒーの例でいえば、「あの人がコーヒーを飲みたいみたいだから」は妄想です。その人はコーヒーを飲みたいと言ったわけではありません。コーヒーを飲みたいかどうかは、私にはわからないのです。今まではずっと、「〜なはずだから」「〜と思っているに違いないから」という妄想を元に行動してきました。その妄想は行動ではなく、反応なのです。

では、どうすればいいかというと、簡単です。お湯を沸かすのをやめるのです。自分がコーヒーを飲みたいと思ったときにお湯を沸かせばいいし、コーヒーを飲みたい人がいたら、その人が沸かせばいいのです。それが人間関係の境界線の始まりです。

私には人間関係の境界線がよくわからないという病もあります。いつでも、その人になり代わり、その人のやるべきことを勝手に背負って勝手に自滅し、恨むのです。さっきのコーヒーの例でいうのであれば、「あの人がコーヒーを飲みたいと思っているだろうから、お湯を沸かしてコーヒーをいれて持っていったのに、いらないと言われた」というようなことです。

それで私は怒ります。なんで、わざわざ私がコーヒーをいれてあげたのに、いらないなどと言うのだ。せっかくいれてくれたんだから、気分じゃなくてもちょっとくらいコーヒーを飲めばいいじゃないか。恨み、つらみがどんどん溜まっていって暴走し、相手にとうとう一言いってやらなければ気がすまなくなります。

「私がせっかくいれたコーヒーをいらないなんて、どういう了見だ！ 善意を無視するなんてひどいやつだ。あなたのためを思ってコーヒーをいれたのに！」

そうして、境界線はどんどん曖昧になり、その人の「コーヒーを飲みたい」という気持ちを私が乗っ取っていくことになります。そうなれば、私はその人がどう考えているかをわかったつもりで、毎朝コーヒーを用意し、いいことをしたと思ってしまうのでしょう。その人は、もしかしたら、ずっと紅茶が飲みたいと思っていることも知らずに。私はその人の考えをすべてわかるのだからと、どんどん先取りをして行動するのです。

私の病とは、人をコントロールできると思うこと、人との境界線が曖昧になってしまうことです。それは完治しないけれど、回復はできます。

私は今、案外生きていていい感じかも？　と思うまで回復しました。けれども、そうなるまでには長い年月がかかっています。そして、この病を授けた母との関係については、私は一切恨んでいません。私が統合失調症の親に育てられたことは、私が生きてきた一部となっています。それはもう、私が病者の親をもって育ったことと自分のアイデンティティが、癒着した傷のようになって離すことができないのと同じように。

やっぱり助けてくれないんだ

ある日、会社に出勤する朝、道で大の字で横になっているおじいさんを見かけました。おじいさんのそばにはおばあさんが寄り添っています。私は何事かと思い、声をかけました。

「どうしたんですか？」

「いや、ちょっと、転んじゃって」

「頭打ってませんか？」

「頭は大丈夫です」

「起こしますね」

私はおじいさんの手を引っ張り、座れるように抱き起こしました。

「ありがとうございます。もう大丈夫です」

「そうですか。じゃ、これで」

私はほんの二、三分ほどの関わりでその場を去りました。

私は道端などで困っている人がいると、必ず声をかけるようにしています。それは、自分がそうされなかったことで世間を憎んだからです。


かつて、母が電車の中で大の字になって動かなくなったとき、誰も声をかけてくれませんでした。そのとき、私は「一万年生きる子ども」になりました。なるしかなかったのです。

生死をさまよう事故にあったかのように、走馬灯のような悠久の時の流れの渦に巻き込まれ、黄金の体を備えられ、誰よりも大人であるという意識と、神に近い存在だという自負を与えられました。「一万年生きる子ども」になるとは、誰の助けも借りずにその場をコントロールしなければならないと思い込むことです。孤独な闘いになります。

そのとき、誰か大人が、大の字で寝転ぶ母を抱き起こそうとしているわずか八歳の私に声をかけていたら、違っていたと思っています。世間というものを信じることができたはずです。

世間というのは、漠然としていますが、そのじつ名前の知らない身近な人間との関わりのことです。私が子どもの頃に体験した「世間」とは、精神障害者を無視する、または、じろじろと見てくる存在でした。精神障害者の薬の副作用である独特な動き――手や唇が震える、ゆっくりしか歩けない、目が虚ろ、呂律がまわらない、服装が乱れている――を見て、異質だと見なし、のけ者にしてくるのです。

近所の住民からは挨拶もすべて無視されるという嫌がらせや、家の前にクレゾールをまかれるという加害もありました。八歳の私はそれを敏感に感じ取り、「世間」やまわりの「大人」は一切信用できないのだと思いました。

ヤングケアラーを対象にしたインタビューを読む機会があったのですが、そこにも「まわりの大人には家のことを秘密にしている」「言えない」などの文言があり、深く頷きました。社会はまだ精神病者を差別しないようにはできていません。

差別しないとは一体なんなのか？　それは利害関係のない誰かのことを、レッテルで見ないこと。モンスターとして外在化しないことなのではないかと思っています。

「〇〇は狂ってる」「あいつは頭がおかしい」「キチガイだ」等々の文言をＳＮＳで見かけない日はありません。私の家ではその言葉は禁句でした。母がそういう言葉で差別されてきたことを重々承知していたからです。でも、ちょっと外に出るとそういう言葉が溢れています。たとえば、自民党のふるまいが度を越して法律に違反しているのに司法が裁かないことを、「日本は狂っている」とか「裁判所は頭がおかしい」「自民党を支持するやつはキチガイだ」というように言われます。

私は、自民党支持者ではありませんので、司法が機能していないことに嘆きはしますが、そのような表現を使って、問題を周縁化し切断処理することに恐怖を覚えます。すべての「キチガイ」が法を犯すわけではありません。「狂っていて」も、必ず加害するわけではないのです。たとえば、「並大抵ではない」「異様だ」「とんちんかんだ」など言い換えることはできないものかと思います。

それは非常に悪質な、誤ったレッテル貼りです。自分たちが正常だと言い募りたいがために、「精神病者」に自分たちの偏見の責任を押しつけているのです。精神障害者は長らく、危険な人物だと見なされてきました。特に統合失調症の陽性症状や双極性障害の躁状態は目立つ行いが多く、人びとから奇異の目で見られてきたのです。また、精神障害者の人権は精神科医の判断によって一時停止することができます。それが、措置入院制度です。本人の同意なく隔離病棟に閉じ込めることができます。それは、自傷・他害などの危険があるときなどに限られているとはいいますが。また、日本の精神科では身体拘束が飛び抜けて多いことが近年問題になっています。身体拘束が原因で死亡してしまった精神障害者もいました。

私は「狂っている」「頭がおかしい」「キチガイ」などの表現を見たとき、他に言い換えることはできないのかなと考えます。

たとえば、「裁判所の判断は問題だ」「自民党を支持する人は現実の司法の問題に目を向けてない」などです。「狂っている」という表現まで制限してしまうのは問題かもしれません。それは言葉狩りになる恐れもあるからです。「狂っている」というのは常に人に使われるものではなく、「歯車が狂った」などとものに使われる場合もあります。それらのグレーゾーンの表現も、使うのには注意が必要だと私は考えています。こう考えるのはどうでしょうか？　たとえば精神障害者が目の前にいても、その対象を非難するために、あなたはその文言を使うかどうかです。

私はこんな経験をしています。かつての介護用品レンタル会社では、精神障害者であることをクローズにして働いていました。同僚たちは私が双極性障害者だと知らないのです。

そんなとき、ある双極性障害の利用者さんから電話が頻繁にかかってくるようになりました。それを迷惑がる同僚たち。

「あの人、双極だから、気分が上がってるときはうるさいんだよ」

「ほんとだよね、波がありすぎるからね」

私は相当傷つきました。自分のことを言われているように思ってしまったのです。同僚たちはその利用者さんに声の届かない内緒話のつもりで言ったのでしょうが、同じ双極性障害者の私がそばで聞いていたのです。

だから、きっと、どんなときにも精神障害者を揶揄したりするのはやめたほうがいいと思います。誰が精神障害者かなんて、見た目で判断できることはほとんどないのですから。差別がある今の日本での社会生活のなかで、カムアウトして生きていくのは大変です。隠している人も多くいます。

母の時代はおおらかであったかもしれません。母には明らかに精神障害者だとわかる手や唇の震えがあったのに、お菓子工場で採用されていました。結局、そこで母は台車に乗って走ってみたいという欲求の通りに行動し、クビになっていましたが。

かつて勤めていた職場に上司の子どもが来ることがありました。スイミングスクールのバスで帰ってくる娘を迎えに行くために、上司は職場を中座します。その子はちょうど小学校二年生で、私が「一万年生きた子ども」になった歳と同じなのです。小学校二年生はスイミングスクールのバスのほんのちょっとのお迎えまで母親にしてもらっているのか、と私は驚嘆しました。かつてのその頃の私といえば、警察署まで母の身元引受に行ったり、母の精神科に付き添ったりしていたからです。その子を客観的に見て、あまりに幼いことを私は実感しました。八歳という年齢で、精神障害者の母をもった私に、一体何ができたというのか。その頃に黄金の体と神の意識を備えた私とは一体何者だったのか。目の前にいる八歳の子どもの素振りとかつての自分とを比べたとき、当時の私の想像を超えた大人としての意識に驚かされるばかりです。あんな小さな子どもであっても、自分を保護してくれる対象がいなくなったら、自らの命を守るために神が宿ってくれるのです。

その子は恥ずかしがり屋さんで、私が職場を去るときに「バイバイ」と挨拶しても首を傾げるだけで、なかなか挨拶してくれたことがありません。それに比べたら、私の子どもの頃というのは、警察でもしっかりとした対応をし、電車の床に寝そべる母を駅で降ろし、起こし、歩かせ、家路につくということをやってのけたのです。私は母を守る保護者でした。母もまた私を守ってくれようとする保護者でしたが、その守り方は統合失調症の妄想の中でとり行われるため、世間との齟齬が生まれます。生まれた齟齬は私に降りかかります。世間は助けてはくれないからです。

世間と私はいつも対立関係でした。それも複雑な対立関係です。私は自分が世間から差別されたくないあまりに、母に世間に即した行動をさせようとコントロールします。もしくは、母の意志と世間の間に齟齬が生まれないような細く狭い隙間を探そうと懸命に努力するのです。けれども、その努力はいつも失敗に終わってしまいます。私は恥という概念で世間から脅かされていました。母親のすることが恥ずかしい、普通の母であってほしい。自分が差別する側になっているのです。

一方、姉はそういったところはほとんどありませんでした。母の妄想にもそんなに寄り添おうとしてなかったように思います。そして、それでもなお、母の一番の味方でした。姉は母に世間のいう「普通」を求めなかったのです。母が世間から見てどんなおかしいことをしていても、母の論理でそれがあってるのならば、世間からどう見られてもいいと思っているような節がありました。

姉は母の訴える苦痛にいつも真正面から向き合い、母の楽なほうを選んであげていました。私は母の苦痛のことはそれほど考えていませんでした。どうしたら、母をコントロールして自分が生き延びることができるかそればかりを考えていたように思います。姉はとても優しい人なのです。

姉はいつも私にお菓子などをゆずってくれました。また、二人でたくさん遊んだことを覚えています。特にクリスマスは特別でした。一カ月前くらいからお互いへのプレゼントを机に並んで座って作るのです。お互いの机は覗き込んではいけないことになっています。そのプレゼントは何十種類にもおよび、お互いのプレゼントを開封するのがとても楽しみでした。

その中でもよく覚えているのが、私が姉に作った「葉巻」セットのプレゼントです。紙にサインペンでヤシの木の絵などを書いてそれをくるくると丸め、一本の棒にします。それを吸うのです。サインペンの色によって味が違い、その風味を楽しむというものでした。私は姉に「これはハワイの葉巻だ」と説明してプレゼントしました。姉は一口吸って「たしかにハワイの味がする」と言いました。他にも小さなレターセット、折り紙でできた小物入れ、一枚一枚に違う絵の描いてあるメモ帳など細々したものがたくさん散りばめられました。

私が「一万年生きた子ども」であった頃、それは辛い記憶ばかりではないのです。母が万年床で寝ている間、姉と私は子どもの楽園を作り上げていたのです。

そしてその子どもの楽園は世間と相対したものになりました。二人とも世間とは敵だと思っていたし、母を攻撃してくる大人がたくさんいる危険なところだと思っていました。私は、母に何か起こるたび、ああ、世間はやっぱり助けてはくれないんだと思っていました。

魔の三三歳

母が統合失調症を発病したのはちょうど三三歳のときでした。

だから、私も三〇代前半を迎えるにあたり、かまえていたところがあります。私は統合失調症ではなく、双極性障害Ⅱ型ですが、自分も何かあるかもしれないと思っていたのです。


それは、暑い夏の日でした。

私はベランダに時計草を植えていました。一番好きな花です。雄しべの部分が十字架のようになっていることから、パッションフラワーとも呼ばれています。パッションとは、キリストの受難（passion）を表しています。私は、花弁が白く、青の筋模様の入っている品種を育てていました。

私はその一年ほど前に無職になっていました。

広告デザイナーになりたいと就職した会社で、突然給料を六万円も下げると通告されたり、十二月三〇日に「翌年の一月三日から福岡（住んでいるのは神奈川）に転勤しろ」などと言われるパワハラを受け、辞めたのでした。もう、働く気にはなれず、専業主婦という名の無職をしていた頃です。いや、正確には病気で働けなくなったということだったのです。それを、私は無職だと自分を責め立てていました。

会社を辞める前は、自分の意志とは関係なく涙が出てきてしまったり、全身に蕁麻疹が出たり、一カ月間も三八度の熱が出て下がらなかったりと、ストレスで滅茶苦茶になっていました。辞めて当然の会社だったのです。

でも、私はやっとありついた手取り月二三万円のデザインの仕事があきらめられなかったのです。私を採用した女性の上司が、幹部からのいじめにあって辞めさせられた後でした。他にも、上司に囲まれて「辞めろ」と詰め寄られた人もいました。その会社自体が経営の危機だったのでしょう。福岡から東京に進出したものの、何もかもがうまくいかなくなっていたのだと思います。

とにかく、私は日がな一日、京都の古民家で暮らすおばあさんがガーデニングしながら生活をするというテレビ番組を流しっぱなしにして、そのおばあさんの家と自分の家が地続きだと錯覚するようにしていました。ベランダでガーデニングするのが唯一の楽しみでした。

私はその夏、時計草のあまりにも鮮やかな青と白と緑のコントラストに目を奪われていました。それは青空と入道雲、木々のざわめく音と一緒に、私を別世界に連れていきます。「なんて、きれいなんだろう。私が今までいた世界は全部間違っていた。この美しい世界こそが本当の世界なんだ」

私はただただ、世界の美しさに目を奪われていました。

でも、体の調子は最悪でした。涙がぽろぽろと出て、自分は無職なんだという無力感、自己肯定感のなさから、家に引き込もっていました。唯一の外出はベランダだけ。

ベランダの草花にフィボナッチ数列を見出して、世界の秘密を全部知ったと感動しました。夜がきても草花を眺め、ベランダの床にフィボナッチ数列のように石を並べていました。フィボナッチ数列とは1・1・2・3・5・8・13・21・34・55・89・144……と続く数列で、前の二つの数の和が次の数になるもののことです。特徴的な螺旋をしており、たとえば、植物を上から見た際の葉っぱのつき方、カタツムリの貝殻の巻き方、ロマネスコの形、花びらの枚数、松ぼっくりの鱗の数、すべてがフィボナッチ数列通りに並んでいるのです。

世界がこんなにも鮮やかに輝いていること、フィボナッチ数列という世界の秘密を発見したことで、私は有頂天でした。でも、まるで休憩を取ることができなくなっていたのです。その頃、自分で描くと決めた漫画を、ぶっ通しで八時間描き続けていました。漫画を描いていないときはベランダに出ました。それ以外に自分が何をやればいいのかわかりませんでした。とにかく、何かしていないとおかしくなりそうでした。漫画は自己肯定感の低い私の最後の砦でした。私には漫画がある、そう思って、いつもギリギリの生存ゲームをしていました。

そうしているうちに、私は漫画を描くこともできなくなっていきました。夜はうまく眠れず、昼寝もできず、部屋をうろうろするだけです。助けてくれ、苦しい。その思いでいっぱいになっていました。だんだん、私はゆっくりとしかしゃべれなくなっていきました。ゆっくりとしか歩けなくなっていきました。後からつれあいに聞いたら、「あのときはおばあさんのようになっていた」と言っていました。

そして、その頃通っていた大原クリニックの薬で眠れなくなったことで、パニックを起こしました。私は眠れないと躁状態になります。今にして思えば、世界が輝いて見えたことも、フィボナッチ数列で世界の秘密を発見したことも、すべて躁状態のなせる業でした。

そのとき、私は大原先生の病院では眠れる薬を出してくれないんだと思い込みました。「眠れないのです」と言って診察を受ければよかったのですが、その直前に、母が大原クリニックに通うのをやめたことを知ったのもあり、母の医者を頼りました。

精神科の初診というのは辿り着くのが本当に大変です。一カ月待たされることもざらにあります。けれども、幸運にも母の医者は私を診てくれると言いました。

私はそのとき、思考が散漫になり、医者で何を言ったらこの苦しさをわかってもらえるのだろうと悩んでいました。その場ですぐに言葉で伝えることが難しかったのです。なので、A4用紙に悩んでいる症状、眠れないことなどをずらずらと書き連ねていきました。そのときは母と姉が付き添ってくれていたように記憶しています。

私は医者の前に座った途端、号泣してしまいました。

「先生、涙が勝手に出てくるんです。泣きたいんじゃないんです」

「わかりますよ。そういう症状だからね」

医者は私の号泣にも動揺することもなく、私がいろいろと書き連ねた紙を見て、「眠れるお薬出しますからね」と言いました。

でも、私はその薬で本当に眠れるのだろうか、と生きた心地がしません。眠れないと動悸がして、貧血のような状態になってしまいます。前頭葉が熱くなって、頭がオーバーヒートしているのが手に取るようにわかるのです。

半信半疑なまま、薬を処方してもらい家に帰りました。

夜がくるのが怖い。何より、今すぐにでも眠ってしまえたらどんなにかいいだろうと思うくらい疲れている。誰か私を休息させてほしい。

私は息も絶え絶えでした。だからといって、ベッドで横になることもできず、部屋をゆっくりと歩きながら移動して、また、ベランダに出ます。そこには私が丹精込めて育てた時計草があります。朝には虚空をさまよってつかむところをもとめていた蔓が、今はしっかりと絡まっています。植物と接してみてよくわかるのは、彼らは案外よく動くということです。特に蔓などは旺盛にぶんぶんとふりまわしていますし、葉っぱたちもあちらこちらに角度を変えます。そんな彼らを見て、幾分落ち着いてきたところで薬が効いたのか、その夜はよく眠れました。

一日だけでも眠れると私の体調は違ってきます。何より、眠れる薬をくれる医者を見つけたという喜びが大きいです。

かつての母もまた、眠れないところから病気がスタートしました。夜中までコーヒー片手に日本画を懸命に描いて、眠れなくなったのです。そして、コンタクトが目から外れないという事件を起こし、それから統合失調症の陽性症状、妄想状態へと突き進んでいきました。私もまた母の血を受け継いだのだと、今になってみれば思います。それは悪いことでも良いことでもありません。ただ、事実としてそうなのです。私もまた漫画を描きすぎたことが直接の原因となり、双極性障害の躁状態を招きました。

漫画を描いている自分にだけOKを出す。私はそうして自分の自己肯定感を守ってきました。会社からの退職強要にあい、夢だった広告デザイナーにもなれない私。でも、唯一漫画だけは描けて、それが人よりすごいことだと思い込んでいた私。

条件つきで自分にOKを出して、いいことはほとんどありません。その条件がなくなってしまえば、自分の価値が地に落ちてしまうからです。私はそれを体験しました。病気が進んで漫画が描けなくなり、漫画も描けない自分なんて、本当にだめなんだと思ったのです。

条件つきではなく、ありのままの自分にＯＫを出すことは本当に難しいことです。自分で自分の価値を判断する癖を認めなければ、到底できることではありません。実際、今も私は条件つきのＯＫしか出せないでいます。

でも、少し変わってきたことがあります。私は賃労働をしていない日はほぼ、エッセイと漫画の仕事をするために足繁くファミリーレストランに通っていました。家では仕事がはかどらないからです。そうして、私は休みが一切ない状態を過ごしていたのですが、そのときは猛烈に焦っていたのです。自分に大きな穴があいていて、そこに何かを詰め込まないとヒューヒューと風が通り抜け、寂しくてどうしようもないのです。私はそこに仕事を詰め込みました。けれども、詰め込めば詰め込んだ分、私の体も心も病んでいきます。休憩が必要なのです。

ある日、そのことにはたと気がついて、ファミレスに行くはずだった時間を、犬と一緒にストーブの前でぼーっと過ごすというのをやってみました。すると、今までの空虚感、イライラ、そういうものがゆっくりと癒えていく気がしました。

「私に必要なのは休憩だったんだ」

そんな当たり前のことも、私にはわかりませんでした。母との暮らしで常に突発的な事件が起こるかもしれないという状態で育った私にとって、暇とか平和とかは恐ろしいものだったのです。だって、そこに何か事件が飛び込んでくるかもしれないのですから。でも、そう思うのは妄想のなせる業で、そんなことは実際には起きません。

双極性障害のうち、私はⅡ型といわれるほうで、Ⅰ型と違って鬱である期間のほうが長く、躁状態もそれほど激しいものではありません。それでも、世界全部が原色で輝いて見えるときがあります。双極性障害Ⅱ型の特徴として、躁状態が調子の良い状態として記憶されるために、躁状態になりたくなってしまうというのがあり、まさに私もそうでした。躁状態の、この世界が輝いている状態が本来の健康な自分で、今までがおかしかったんだと思っていました。

でも、それは間違っています。世界が輝いて見えるほうがおかしいのです。世界はそんなに原色カラーではないし、キラキラもしていません。私は真夏になるといつも躁状態を繰り返していて、真夏のあの世界こそが本当なのだとずっと思ってきました。躁状態は二〇歳の頃から経験し出しました。そこから一三年がたって、私はようやくそれが躁状態だと気がつき、あのキラキラした世界に戻らなければと焦ることもなくなったのです。

現在の私は、また医者を変えました。母と同じ医者にかかっているのがよくないと思ったからです。かつては大原クリニックに、姉・母・私と家族総動員で診てもらっていました。そのときはそれでよかったのですが、やがて私も独立した一個の人間として、きちんと自分に合った病院を自力で見つけたいと思うようになったのです。

家族と同じ医者にかかっていても、もちろん守秘義務がありますから、診察の内容が知られることはありません。それでも、同じ医院でかち合ったりすることはよくありました。連帯感というのでしょうか、同じ医者にかかっていると「あの先生は名医だよね」とか母や姉から話しかけられて「ああ、まぁ、そうだね」と言わざるをえない状況があります。家族からの評価によって、医者の評価が揺らいでしまうのです。そうすると、医者と剣呑な雰囲気になった母などが「大原先生はほんとうにダメだ！」と言い出したりすることも出てきます。すると私も影響されて、「大原先生ってダメな医者なんだ」となってしまうのです。そういうことを避けるためにも、私は医者を変えたのです。

今かかっている小山クリニックの小山先生はいつも、「大変ななかで、ハルさんは良くがんばっていますよ。百点満点ですよ」と言います。私は最初、患者を早く追い返すための常套句なのかと思っていました。けれども、そんなふうに思うよりも「本当に私はがんばっているなぁ」と実感したほうが、私にとって良い気がします。最近は、小山先生にそう言われると、「そうなんです、がんばってるんです」と言って、さっと診療室を後にします。

小山先生にかかってからも、眠れなくてパニックになることが数回ありました。そのたびに丁寧に対応してもらい、眠れないから医者を変えるというまでのパニックに陥らないですんでいます。

母、薬をやめる

初めてのバス旅行で母は上機嫌でした。

私が三十代前半の話ですので、母は五〇歳半ばだったと思います。

私、夫、父、姉、母と五人で長野でぶどう狩りをし、高原でゆったりするというプランでした。母は延々としゃべりつづけ、一時も黙っていません。あまりにもハイテンションすぎます。けれども、終始楽しそうでした。ずっと話しかけられている姉や父は疲れてきて、眠ったりするのですが、それでも母は、今度は私に夫にと話しかけてきました。バスの中で母の声だけが、響いています。母は疲れ知らずです。帰りの渋滞がひどく、着いた頃には夜の一〇時をまわっていました。それでも母は元気いっぱいです。

何かがおかしい。私も夫もそう感じていました。私はこっそり姉に尋ねます。

「ママ、ハイテンションすぎない？」

「ああ、ずっとあんな感じだよ。もう、薬飲まないんだって」

「え?!」

「大原先生と大喧嘩して、薬飲むのやめることにしたんだってさ」

姉は淡々と話します。統合失調症の症状は薬でコントロールもできますが、薬を飲まないとなると話は違ってきます。私はびっくりしましたが、異様にテンションが高く、楽しそうな母の様子を見て、薬を飲んだほうがいいよとは言い出せませんでした。

大原先生との喧嘩の中身は詳しく知りません。ただ、母は大原先生の薬を飲むと絵が描けなくなることをずっと悩んでいました。事実、大原先生にかかっていた二十年あまりはスケッチもできませんでした。統合失調症の薬によってそういった部分が抑えられていたのだと思います。母は薬を飲むのを嫌がっていました。それでも、自分には必要だと思っていたから飲んでいたのだと思います。

母はバスの中で「薬を飲まないほうが調子がいいよ!」と言っていました。それは統合失調症の陽性反応です。本人に自覚はありません。

母が薬を飲まないで一カ月が過ぎた頃、姉から電話がかかってきました。

「ママが大変なことになってるから来てほしい」

私は急いで実家に向かいます。今なら行かなかったかもしれません。母と距離を取りたいからです。でも、姉一人に母のケアをやらせるわけにはいきません。

姉が指定した病院に行くと、母は総合歯科病院の緑の床に寝転がって、「頭が痛い、頭が痛い」と暴れていました。

外は大型台風が来ていて、暴風雨です。

病院の待合室に母の声がこだましています。他の患者たちは見て見ぬふりです。ああ、いつものやつかと私は思いました。困っている人を見ても、誰も声をかけたり助けたりしてはくれないのです。社会というか、世間の冷たさをまた知りました。

母に駆け寄ります。

「ママ、まず、椅子に座ったらどうかな」

「頭が痛いんだよー」

「救急車呼んでるからもう少し待って」

病院は歯科医院なので、母の不調には対処できません。救急車を呼んでも、暴風雨のおかげでなかなか来ません。私は精神保健福祉センターに電話しました。

「母が頭が痛いと病院の床に寝転がっているのですが、救急車も来ません。ここから行ける病院はどこかありますか？」

「お名前はなんですか？」

「ナガノハルです」

「ああ、あなたも精神病ですね」

「は？」

「データを見たら、あなたも精神病と出てきます」

「それと母の症状の対応と、なんの関係があるのですか？」

「関係はありませんが、今、対応できる病院はありません」ガチャン。

私は母のことを聞いているのに、どうやら先方はデータを見て私が精神病だとわかったといきなり言い出したのです。わけがわかりません。私は突然受けた「あなたも精神病ですね」という返事の脈絡のなさに動揺しました。患者の情報というのはそんなふうに勝手に見て、しゃべっていいものではありません。とりあえず、頼りにならないということはわかりました。

「警察に電話もしたけど、来るのに時間がかかるって」

姉が言いました。

「そっか、どうしようもないね」

私と姉は途方にくれます。もう、子どもではないとはいえ、やはり、統合失調症の陽性症状に対応するのは骨が折れることです。これを、当時小学校二年生の私と、小学校六年生の姉がやっていたのかと思うと、悲しくなります。そんなことは絶対無理だし、私たちは統合失調症の陽性症状には無力なのです。

「もう、出てください。暴風雨がひどいんでもう、病院は閉めます」

病院の受付の人がやってきました。母が床に寝転んで、暴れているのを見ているのにこの仕打ち。どうすればいいというのでしょうか？

「でも、母が具合悪くてすぐには出られないんです。救急車も警察も要請しているのですが、暴風雨で来るのに時間がかかっていて、来るまでここにいさせてください」

受付の人はしぶしぶといった感じで了承して、いなくなりました。

病院の電気が消えて、最小限の緑の非常灯が灯った状態になります。私は心細くなりました。救急車も警察も来ない。どうすればいいのか。母を座らせることもできないからタクシーで家に帰ることもできない。そもそも、この暴風雨でタクシーが捕まるのだろうか？

悩んでいたところにやっと警察が来ました。

警察の若いお兄さんが母に話しかけています。母はうんうんと素直に聞いて、ソファに座っています。

警察は母と姉と私をパトカーに乗せて、家まで送り届けてくれることになりました。母はご機嫌です。とりあえず、胸をなでおろし、家に帰ることができ、私は帰宅しました。

その翌日、また電話がかかってきました。

「ママが区の警察署にいる」

いよいよ統合失調症の陽性症状も佳境に入ってきたようでした。ハイテンションから始まり、頭が痛い、目が見えない、便秘がひどいなどを理由にドクターショッピングを重ね、妄想状態になったのです。

私は警察署に向かいました。

警察署では、母が裸になってソファでぴょんぴょんと飛び跳ねていました。

警察の人もどう対応したらよいものか困っている様子です。これはもう、家では手には負えません。父も駆けつけ、姉と私とで、入院できる病院を手分けして探します。母には服を着るように言って、とりあえず、警察署のソファに座らせることはできました。それから一時間ほど病院を探しまくり、やっと受け入れてくれる病院を見つけました。

母を電車に乗せていくのは現実的ではありません。

タクシーで行くとおそらく一万円近くかかりますが、背に腹は代えられません。黄色いタクシーを捕まえ、前の座席に姉、後ろに父、母、私という順番で座りました。

母は自分が二十代の頃に戻ってしまっているようです。父とラブラブな頃のようなふるまいをします。タクシーの運転手さんには、母が統合失調症で今から病院に行くということを伝えました。幸い理解のある運転手さんで、「それは大変ですね、急ぎましょう」と言ってくれました。病院までは一時間近くかかります。私たち家族は、早く病院に着いてほしいという願いで乗っていました。その間も、母は妄想の話を父に内緒話で繰り返し、そのたび、父が「そんなことはしないよ」と否定しています。

家で妄想状態になった母が自分の父や母（私の祖父や祖母にあたる人）のことを切々と話しているときに、父が「ママは子どもの頃大変だったんだよ」と言ったのが、私の印象に残っていました。母もやはり「一万年生きた子ども」だったのです。

病院に着くと、高木先生という人が診察してくれました。すぐに入院が決定しました。母はいつも女の看護師さんを嫌うので、好みの男の看護師さんを見つけ、ともに病棟に向かいます。私たち家族はほっと胸をなでおろしました。しかし、母は危険状態ということで保護室への入院となってしまいました。保護室とは精神科病棟内にある隔離を目的とした個室で、今でこそ鉄格子はありませんが、その代わりに透明なアクリル板がはめ込まれていて、部屋にあるものといったらトイレと布団だけです。自殺したりしないように紐類、細長いタオルなどは持ち込み禁止です。母はそこに入院することになりました。後から聞いた話ですが、暴れるために四肢の拘束もされていたそうです。母はそのことをあまり覚えていないと言います。私はとても複雑な気持ちでそれを聞いていました。精神病院とは病気がゆえに人権を奪うところでもあるのです。

母の入院生活は二週間もすると穏やかなものになり、保護室にいる母と面会もできました。アクリル板越しですが。

「このボタンを押して、お坊さんアイスをくださいって言うと、アイスが出てくるんだよ」

母は看護師さんを呼ぶブザーを指して言います。母の妄想にはお坊さんや天女がよく登場し、母は看護師さんのことをお坊さんだと思っているようなのです。うれしそうに話してくれました。

「そうなんだ、アイスが食べれてよかったね」

私はなんと言ったらいいかわかりませんでしたが、とりあえず、言葉を返しました。

今度の入院は私が子どもの頃の入院と違って、洗いやすいからといって髪を短く刈り込まれることもなく、布団で一日寝ているようでした。

一カ月もすると一般病棟で過ごすようになります。すると母はスケッチブックと色鉛筆を持ってきてほしいと言いました。

高木先生の薬だと絵が描けるというのです。母は病棟の患者さんをモデルにたくさんの絵を描いて、お見舞いに行くたびに見せてくれるようになりました。

母はやっと二〇年願っていた絵が描けるようになったのです。高木先生にも絵を見せているようですが、高木先生は特にそれを褒めるでもなく、あくまで精神科医の目で絵を見ているようです。

そうして、母は順調に回復し、三カ月ほどで家に戻ってきました。

病院には一カ月に一度、父に付き添われて行っています。母だけでは日頃どのように過ごしているか様子がわからないからです。家族の目で見た母の様子が重要なのです。私が「一万年生きた子ども」であった頃、母の病院に一度も行ったことがなかった父ですが、退職し、時間もできたことで、母の看病をしようという気になったようです。

小学校二年生の母の発病とは何もかもが違っていました。私は大人になっていて、どこに連絡すればいいかもわかっていたし、家族みんなで母の病気に対処できました。でも、やはり「一万年生きた子ども」である私は、母の妄想に合わせた話をしていました。母がこれ以上暴れたり、他の場所に行ったりしないように、コントロールしようとしていたのです。まぁ、あいかわらずだなと、今になっては思います。

その後も、母は入院を繰り返しながら、病気と付き合っているようです。妄想状態になることは少なくなっています。今の母は、絵を中断して、夏までに紺色のブラウスを作ろうと思っているとのことです。元来手先の器用な人で、幼かった私と姉にも着物とちゃんちゃんこを仕立てて縫ってくれたりしました。母は服にもこだわりがあり、夏の暑さにとても弱いので、涼しい麻だとか綿一〇〇%の素材でないと着ていられないのです。病気が悪化するのも、いつも夏です。でも、去年の夏は入院しないで過ごすことができました。

「ママ、また入院かな？」

電話で一カ月に一回話すときに、母からそんな不安を聞いたことがあります。

やはり入院は嫌なようです。

「入院になったら、空調の効いた涼しい病院で過ごせるし、お休みだと思っていったらいいと思ってるけどもね」ともつけ足していました。

実家の一軒家はもう七十年以上建っている古い家で、クーラーの効きが悪いのです。

母は今、家にある小さな花壇の手入れを念入りにしています。特にシクラメンと野草のツユクサがお気に入りです。

「シクラメンが満開なの。あと、これからツユクサの花が咲くかどうかが気になってる」

と日々の生活の話に草花のことが盛り込まれます。私は道に咲く草花のことをまったく気にかけない生活をしているので、母の視点には驚かされます。

母はその草花をまた、絵に描くでしょう。そうして、季節はめぐっていくのです。

現在の私

私は二六歳でつれあいと出会い、二七歳で実家を出ました。

実家を出たいとは常々考えていました。一カ月に一回は母が父に怒鳴るというのが実家の定番で、怒鳴らない環境を求めていたからです。

母が父を怒鳴るのは、家事の手伝い方などが主な原因で、「あいつは、普通に言ったんじゃ何もやらない。だから怒鳴ってやらせるんだ」という理由からでした。父も父で、母がお願いしてもなかなかやらなかったというところはあります。しかし、母は怒鳴ることで父をコントロールしようとしているのです。私は怒鳴るという手段ではありませんが、同じことをやっていたんだなと今になって思います。

私は、実家を出ようと思い、不動産屋に行きました。

「一人暮らしをする部屋を探しています」

「給料いくら？」

「手取りで一六万円です」

「正社員なの？」

「はい」

「正社員なのにそれは少なすぎる。貸せる部屋はないよ」


給料が少ないと言われたショック。私は自立した賃金を稼いでないという焦り。今から思えば、手取り一六万円でも充分にやっていけると思います。けれど、私は一件目の不動産屋で言われたことにショックを受け、部屋探しをあきらめてしまいました。

その頃、つれあいと付き合い出し、一緒なら同棲という形で家を出られるかもと思い、つれあいを同棲に誘ってOKをもらい、家を出ました。

私が家を出て、まず驚いたのが、茶碗を落として割っても怒鳴られないということです。私の家では、食器を割る＝お前が悪い、何やってんだ！　と怒鳴られることだったのです。つれあいと生活して、食器を割ったとき、「大丈夫？　どこもケガしてない？」と逆に心配されるのはカルチャーショックでした。誰も、好き好んで食器を割っているわけではないのです。それを怒鳴って怒られるというのは、理不尽なことでした。

私が家を出た後も、母からの「心配だ」という電話は鳴りやみませんでした。でも、私は出ません。母との距離感がおかしいことに、だんだん気がついてきたのです。離れてみて、私はこんなに母に囚われていたのだと気づきました。同じように姉にも囚われています。

姉や母は肯定してほしかったり、否定してほしかったりするときに、「〇〇なんだけど、大丈夫だよね？」とか「私、おかしくないよね？」と予定調和的な会話をよくしてきます。私はそのときに相手を安心させるために、相手が望んでいる返事をするようにずっと努めてきました。でも、それがもう、心底嫌になったのです。

私は今、自助グループにつながっていますが、「相手が望んでいるだろう返事がわかる」と思っているのも妄想だそうです。姉や母は不安からそういう会話をしてきますが、私なら不安を取り除くことができると思っているのは傲慢のなせる業で、実際には私にそんな能力はないのです。

自助グループにつながるまでには長いプロセスがありますが、それはここでは触れません。私がまだ、公表する勇気がもてないからです。

私は自助グループにつながって、自分が人をコントロールしたいという欲求に無力であることを心底認めました。無力、それは、神ではないということ、ただそれだけです。私は人間なので、できないことがたくさんあるのです。

私は「一万年生きた子ども」として神であるかのようにふるまい、生きてきました。子ども時代はそれしか生き延びる方法がなく、そうなったのも神が私にくれた力です。神は私を負ぶってくれ、まるで神かのように錯覚するほどの力をくれました。

そして、思春期になり、母の病状が落ち着いた頃、やっと自分の足で立つことになったのでした。でも、そうしたら自分の足がとても貧弱になっていて、立てなかったのです。それは、今も続いています。貧弱な足腰を認めること、人をコントロールしたいという欲求に無力であること。それを認めるのです。

無力をもっと具体的にいうと、自力を使わないということです。自力とは自分で解決することです。それはもう私にはできないのです。さんざんやってきたのですから。

たとえば、私は母や姉をがっかりさせたくないと妄想していました。がっかりしたと言われたわけではないのに、私と話しているときに楽しんでほしい、幸せでいてほしいと過剰に思い込んで、やたら面白い話しかしなかったのです。等身大の自分の辛いことなどを話したら、私といても楽しくないとがっかりされるのではないかと思っていたのです。

そもそも「がっかりする」という感情は母や姉のものであって、私がコントロールできるものではありません。なのに、私は常に幸せを演じなければなりませんでした。そういうふうにふるまってしまうことに、私は無力です。がっかりさせないためにふるまっていた自分を認識し、それを矯正しようとすることも、また自力です。私は母や姉の幸福に無力なのです。それは自分ではどうしようもできません。それを認め、自力でなんとか解決しようとするのをやめるのです。そして、また楽しい話をして人の感情をコントロールしようとしてしまったときも自分を責めることはしないで、「がっかりさせたくないという思いには無力なんだな」と思えるようになれば上等ということです。現実にはそれさえも難しいことがあります。それでいいのです。私たちは不完全なのですから。そして、そのことを自助グループの仲間やスポンサーさんに話して、認めていきます。

自助グループにはアノニマスといって「匿名性・無名性」を守る決まりがあります。だから、私も自分がなんの自助グループにつながっているかは言えません。その決まりがなぜあるのかというと、自助グループにある12ステップという回復のためのプログラムの原理を優先するからです。一人の人が「回復しました！」とヒーローのように登場し、「私のやり方はこれです。これをやれば回復します！」ということではないのです。また、私たちはスリップといって、前の悪い症状が出てしまうという経験もします。ヒーローがスリップしてしまったら、「やっぱりそのやりかたはだめなんだ」となってしまうため、匿名性・無名性を守るのです。

自助グループにはいろんな種類があります。アルコール依存症のグループ、アルコホーリックス・アノニマス（ＡＡ）、アダルトチルドレンのグループ（ＡＣ）、薬物依存のグループのナルコティクス・アノニマス（ＮＡ）、ギャンブル依存症のグループ（ＧＡ）、他にもたくさんあります。

かくいう私も毎日スリップしています。主にそれはかつての職場での人間関係においてでした。

私は人間関係がうまくできないという病なのです。母をコントロールした癖が残っていて、すべての人間にそれをやってしまうのです。それは一生治りません。でも、回復はあります。

職場では、本当に些細なことが気になってしまいます。たとえば上司や同僚の機嫌です。機嫌というものはその人のもので、私が機嫌を良くしてあげるとか、コントロールしようとするのは間違っています。けれども、私は上司の溜め息や声のトーンなどの些細なことから察知して「機嫌が悪いのかな？　私、何かいけないことしたかな？」とぐるぐると妄想の世界に入ってしまうのです。

最初は、それが妄想だと気がつきませんでした。自助グループの「仲間」に「その人が機嫌が悪いかもと思うのも妄想だし、もし、機嫌が悪くてもナガノさんが原因じゃないんじゃない？　だって、夜寝不足だとか、家庭のことで心配事があるとか、人が不機嫌になる理由はいろいろあるよ」と何度も言われますが、それでも、気になります。

自助グループではミーティングというものを行います。週に二回くらい集まって、「言いっぱなし、聞きっぱなし」という、人の話したことにコメントをしないというルールのもとで話すのです。もちろん、それを一通り話した後にはフェローというものがあり、そこでは自由に自分の悩みを聞いてもらったり、仲間の苦しみを一緒に考えたり、お互いを励ましたりします。その中でそういうことを言われたのです。

けれども、私は上司の機嫌に無力なので、「私のせいかも」と思うことは変えられません。

別に思ってもいいのです。けれども、すぐに「それは妄想だよー」と自分に突っ込んであげる声を、仲間と一緒に育てていくのです。

私は一時、職場でミスをするのがとても恐ろしく、FAXすら送れないときがありました。送信先を間違えたらどうしようと思うと、なかなか送信ボタンが押せないのです。それでも、業務ですから送信ボタンは押さなければなりません。その後、FAXがちゃんと送れているかどうかを何度もチェックします。しかし、それだけでは飽き足らず、家に帰ってからもFAXは送れているだろうか？　と休みの日も心配でしかたがないのです。これは強迫観念です。そこまでくると、本当に病気なのだなとみなさんは思うと思います。

そうなのです。私は病気なのです。私がミスをしたくないと思うのは、上司にできる人間だと思われたいからです。そのことを「スポンサーさん」という、ペアを組んで一緒に12ステッププログラムを踏んでくれる仲間に話しました。スポンサーさんは「先行く仲間」と言って、自分より先に自助グループにつながり12ステップを踏み終わった仲間のことです。

「ナガノさん、仕事ができると何かいいことある?」

「評価されたり、自信につながったり」

「でも、それって、自分の評価を人に委ねていることだよね。それって、その人の評価で自尊心が上がり下がりしちゃわない？」

「確かに……」

「あとさ、仕事ができると、できる人のところにどんどん仕事が舞い込んで忙しくなるんだよ。適度にできないほうが仕事の量が増えなくていいよ」

目から鱗でした。確かに最低賃金レベルの私の給料では、私がどんなに優秀であっても給料が増えることはありません。私より先に入ったパートさんと、時給に三〇円の差をつけられているのを目の当たりにしたとき、この経営者は三〇円も出し渋るんだと暗い気持ちになりました。むしろ、最低賃金レベルで優秀であることは、経営者にとって都合のよいことです。そりゃ、経営者は少ない賃金で優秀に働いてもらうほうがよいでしょう。上司は社長の妻なので、すなわち経営者も同然なのです。

私はそこで、はっと目が覚めました。認められたい、今の自分ではだめだとバッテンをつけ続けることは、自分をいじめるばかりなのです。けれども、それがやめられない。無力です。無力を感じたときには、行動を変えることとです。私ならば、上司の機嫌を取るために要らぬ世間話をやめること。私は、職場で一切世間話しないようにしました。今までは職場の空気を良くするためには、世間話が必要不可欠だと思ってきました。沈黙が続くと、相手がどんな機嫌でいるのかもわかりません。何か機嫌を悪くしているかもと妄想が広がります。だから、私は世間話をして相手の機嫌を常に確かめていたのです。それをやめました。すると、やっぱり、「この人、機嫌を悪くしているんじゃないか」という妄想に襲われます。そうやって妄想でぐるぐるしているときは、「はい、妄想〜」ともう一人の自分が客観的に判断できるようにもなりました。私はこのように、日常の人間関係にとても無力です。

思えば、今までもずっとそうして、職場で機嫌取りのようなことをしてきました。そして、私が職場の空気をコントロールしているという自負さえもっていました。大変傲慢なことです。それは、母にやってきたことの焼き直しでした。私はそうやって母の病気と社会の隘路をコントロールすることで育ってきたので、それをやめることができないのです。その事実を認めると、肩の荷が下りたような楽な気持ちになりました。

12ステッププログラムは、無力を認め、自分なりに理解した偉大な力を信じ、その力に委ねることから始まります。いつまでも自力を使ってコントロールしていたら、生きにくさは悪化するばかりです。だから、自分は神ではない、人間だと認める必要があるのです。

自助グループでは、その人自身だけの神をハイヤーパワーと呼び、信仰します。神は常に私を愛してくれていています。その事実に気がつくまで何十年もかかりました。

神の愛というのはすでになされていて、あとは神の愛に気がつくためにそれを受信するアンテナが育つかどうかなのだそうです。

神というと、宗教がかっていて嫌だなと思う人がいると思います。私もそうでした。自助グループにつながる仲間たちのほとんどが、そういう思いでつながっています。無神論者や不可知論者ばかりなのです。でも、「自分なりに理解した偉大な力」というところで納得していきます。誰かの神、何かの宗教を信じる必要はないのです。

私は孤独でした。自分と同じように精神障害の母をもって大変な経験をした人など、出会ったことなかったからです。けれども、自助グループにつながって、アルコール依存症の親を持つ人、虐待を受けた人などさまざまな育ちに苦労した人たちと出会いました。孤独は癒やされたとはまだ言い難いですが、とりあえず、話す人を持つことができました。

今、私が取り組んでいるのは「寂しい」という気持ちと向き合うことです。寂しいから予定をどんどん詰め込んで、最終的に疲れて、寝込むということを繰り返しています。

しらふでいることが嫌なのです。いつも何かの渦中にいたいのです。しらふとは自分自身と向き合うことを意味しています。自分自身と向き合うとろくなことがありません。私は非常に空虚で誰かに愛されたいと常に思っているのです。

いや、法律婚もしているし、つれあいがいるじゃないかという人もいるかもしれません。でも、それは違うのです。私に空いた大きな「寂しい」という穴を、つれあいで埋めてはいけないのです。そこには神様が入るよと、スポンサーさんから言われています。

私はかつて、結婚すると運命共同体になると思っていましたが、今はそう思いません。やっぱり、結婚していても他人は他人であり、一個の独立した人権のある人なのです。私はすぐに人をコントロールしてしまうという病があります。それはつれあいも例外ではなく、コントロールしたくなるのです。実際、コントロールできたことはありませんが、コントロールできるという妄想を抱くことをやめられないのです。その無力を認めること。そして、「寂しい」はそのままにしておくことが今の課題です。

「寂しい」を他のことで埋めてしまうと、なかなか神様が入ってこられないそうなのです。今、原稿を書いている私もやはり「寂しい」です。それを抱えながら、自分の無力を認め、生きていこうと思っています。

一人じゃ無理

私がやっていることは、究極のアンチ自己責任論です。

自助ミーティングでは、まず今までやってきたさまざまな妄想への無力を認めて、自分のやっている行いすべてを手放します。手放した先にあるのは仲間とスポンサーさん（特別に一対一で話を聞いてくれる人）の言う通りに行動を変えていくことです。病気の頭で考えた行動は混乱しか生まないことを知り、それを仲間やスポンサーさん、ひいては神に委ねていくのです。

委ねるといっても、行動を強制されたりするわけではありません。あくまで最後に決めるのは自分です。また、それで行動を変えた結果、失敗したとしても、責められることはありません。失敗なら、次の行動を提案されて、試していくだけです。世間一般には、個人の行動（自己選択）の結果には責任がつきまといますが、ここでは「自己責任」は禁止です。

「失敗した？　いいよいいよ、次やってみよ！　落ち込むことない！」

私もスポンサーさんに何度そういった声をかけられたことでしょうか。でも、重要なのは自己選択です。自己選択と自己責任はセットではありません。私は病気の頭で人の感情の先読みをし、未来の不安を先読みして、おかしな方向に行ってしまいます。まだ起きてもいないことを心配し、その対策を取ろうと必死になってしまうのです。

スポンサーさんは現実と妄想の区別をつけてくれます。そして、今やるべき行動を示してくれるのです。私はそれに従い行動します。

私は社会を敵だと思い込んできました。社会というより、会社でしょうか。

スポンサーさんが、会社は敵ではないと教えてくれました。私は今まで会社でパワハラやセクハラにあってきました。だから、会社のことを敵だと思っていたのです。かつて、勤めていた会社も、その前の会社も、パワハラが原因で辞めています。私は会社を敵だと思っていたので、たとえば、有休がいつ付与されるのかを聞くのは、クビになることとイコールだと思っていました。パート風情が有休という権利を主張するなんて、面倒な人間だと思われ、クビになると思い込んでいたのです。だから、私は自分の有休のことを上司に言い出せずにいました。

スポンサーさんや仲間は「有休がいつ付与されるのか聞いてもクビにはならないよ」という、至極当たり前の全うなことを教えてくれ、私がそれを上司に聞く勇気もくれました。私の世界では会社に勤めるというのは、なんでも言うことを聞く労働者になることだったので、権利を主張してはいけないと思っていたのです。けれども、なんとか有休をもらうことはできました。その有休はほとんどコロナのための欠勤で消えてしまうのですが……。

こんなふうに、日々のさまざまな思い込みと妄想を、仲間から逐一訂正してもらいます。そして、それは決して自分だけではできないことです。

この最終章で私が強く言いたいのはそのことです。私と同じような境遇にいる人、なんだかちょっと自分と似ているなぁと思っている人。一人でやろうとしないでください。私がこの本に書いてあることをそのままやれば、回復すると思わないでください。

たとえば、健康な人は自分の家に隕石が落ちてくるはずがないと思っていると思います。けれども、私は落ちてくるかもしれないし、なんなら交通事故にあうかもしれないと思っています。隕石が突飛だと思うのなら、交通事故はどうでしょうか？

みなさんは、外に行くとき「自分は交通事故にあうかもしれない」とは常に考えていないと思います。これは比喩ですが、私の場合、それをずっと考えている状態なのです。未来への最大限の不幸を常に思い浮かべて生活する。なんて、ひどいことなのでしょう。

でも、それをずっとやってきているのです。とても苦しいです。なぜそんなことをするのかと言うと、最大限の不幸が起きる確率は○％じゃないからです。万が一最大限の不幸が起きたときの自分の心の安定を保つために、「最大限の不幸が起きても、心の準備はできてるから大丈夫だぞ」と、その○・○一％起きるか起きないかのことのために心を割くのです。

私の人生において、その最大限の不幸は起きたことはありません。それなのに、すべての物事に対して最大限の不幸を妄想し、それに対処するためにあれこれすることをやめられないのです。それはとても不安なことです。

今まで私は不安な気持ちを一人で抱えてきたし、みんなそうしているのだと思っていました。でも、人は外出するとき「交通事故には、多分あわないだろうな」という楽観的な気分で外出するのです。

私の場合、交通事故にあわなければ、私が車の動きに最大限気を配っていたことを理由に、それが成功体験になってしまいます。最大限の不幸を予測していたからこそ、無事だったと思ってしまうのです。生きづらいったらありはしません。一時が万事がそんな感じで、私はぎくしゃくした自動ブリキ人形のように生きてきました。

けれども、それが自助グループにであって変わったのです。

自助グループでは、まず集合知を使いながら不安に対処します。集合知とは自助グループに長年蓄積されている経験のことです。歴史あるグループに参加すると、私が経験したことはかつて誰かが経験しているということがよくあります。その知恵を借りるのです。まず、交通事故が起きるという妄想に対して無力だと認めることが大切です。「交通事故が起きるなんて妄想だからやめなきゃだめだよね！」みたいなことにはなりません。交通事故が起きるという妄想はしてもOKだと、認めてくれます。だって、考えていることなんて、そうそう変えられないからです。では、何を変えるのか？　行動です。交通ルールは守るとしても、過剰に車を恐れて、道の端っこを歩いたりする行動をやめてみるのです。

そして、根拠に基づかない楽観視を神様からもらいます。神様は私を愛してくれているのだから、私に悪いようにはしないと思うのです。それは、端的な言葉で表せば、「信仰」ということになるでしょう。健康な人たちは根拠に基づかない楽観視を多くしています。海外旅行に行っても、「たぶん」自分の飛行機は落ちないだろう。国内で新幹線に乗っても、「たぶん」事故は起きないだろう。そして、実際事故が起きることなく、その楽観視は継続していきます。私にはその楽観視ができないのです。だから、信仰という形で神様に補強してもらう必要があるのです。そして、結局そういう気づきは、一人ではできません。

さて、自助グループには12ステップというプログラムがあります。それは、無力を認めることから始まり、利他的に生きるようになるまでの一連の流れです。私も12ステッププログラムをやり終えました。

最初は無力を認めるだけでいいですが——実際、それは困難を極めます。無力を認めるだけでも私は一年かかっています——だんだん、自分の力で妄想を御していけるようになる必要も出てきます。

最初は無力を認め、それこそスポンサーさんや仲間の提案をそのまま取り入れていけばいいのです。病気の頭で考えた閃《ひらめ》きは大抵よくないことばかりです。だから、どんどん自分で無力を認め、閃きを妄想と自覚していくことが必要になっていきます。「もしかしたら」。これは私にとっては悪魔のささやきです。ＩＦ（もしも）ばかりを考え、未来に起きるできごとが無限に枝分かれし、あれをやったらこれが起きて、これが起きたら……と妄想が広がります。人は一日六万回考えごとをしているそうです。私はその八割が妄想だと思います。病気が重かったときは一〇〇％でした。12ステッププログラムを受けたことで、「それは妄想だよーっ」と自分に言ってあげられるようになったのです。

たとえば、私はＬＩＮＥでのメッセージのやりとりは、必ずスタンプで終わらないといけないというマイルールをつくっていました。

マイルールをつくってしまうのも私の病気です。リビングには個人のものを置かないとか、週末は夫婦で買い物に行くとか、洗濯は夫婦で一緒にやるとか（今は別でやっています）。スポンサーさんや仲間からは「なんで、そんなルールがあるの？」と言われるまで、それが私の家の特別のルールだと気がつかないほどでした。そして、指摘されてやめていきました。

そうそう、ＬＩＮＥスタンプの話でしたね。

みなさん、既読スルーはしますか？　私は、それは絶対にしてはならないことだとこれまで思っていました。だから、ＬＩＮＥを開くときにドキドキします。すぐには答えられない話題だったらどうしよう。なんてごまかそうと思っていたのです。既読スルーは実際、世間でも悪いように言われているときもあります。でも、スポンサーさんから「既読スルーできるようになると、他人の既読スルーも許せるようになるし、既読スルーは読んだよーくらいの意味でいいんだよ」と言われ、人生初の既読スルーをしました。

最初はすごくどきどきして、今すぐにでも「すぐに返信できなかったのはちょっと忙しくて」と言い訳してしまいそうになります。けれども、ぐっと我慢です。もし既読スルーをして、「なんで、既読スルーするの？　返事してよ」と言ってくる人がいたら、距離感がおかしいのだと思います。そのときは、その人とのやりとりをするかどうか、友だちでいるかどうかなどを考え直すときかもしれません。実際、私も既読スルーをしても何も起きませんでした。

私は妄想をすることで人に気を使いすぎます。たとえば、会話を数人でしているときは、みんなが平等に話せているかどうかが気になって、あと何分時間があるかどうかが気になってしかたありません。それは、たぶん、生涯なくならないでしょう。ＬＩＮＥという新しい文明の利器が加わり、私はより生きづらくなりました。メールだったら、既読したかどうかはわからないのです。

ところで、ＬＩＮＥには未読スルーという技もあります。私も究極のときは使います。読みたくない内容のＬＩＮＥなどには使っています。とはいっても、最初の二行くらいはスマホのホーム画面で見えてしまうので、だいたい何が書いてあるかはわかるのですが。

私は実家を出て、一六年になります。

一六年間はほとんど母のケアをしてこなかったといっていいでしょう。私は母が好きです。でも、私は母のケアはできないなと思ってしまいます。一時は母の病気の再発で姉に負担がかかり、大変申し訳ないこともしました。姉から問われたのは「今後、介護が必要になったとき、ハルちゃんはママの面倒を見る気があるのか？　私一人ではとても限界だ」ということです。

実際、そうだと思います。私はそのとき、「できるだけ国の制度に頼って、それでもできない部分は私も面倒を見るよ」と答えました。姉もそれで納得したようです。

母が統合失調症発病後の小学校二年生の頃（一九八〇年代）、国の支援などは一切ありませんでした。* 私と姉は仕事でいない父に代わって孤立無援の闘いをしました。母や父の老後はそんなふうになりたくないのです。一人じゃ無理なのです。

私の人生、自分で自分をもコントロールして、なんでも自己責任を取ってきました。けれど、それは人間が生きるうえで病的な部分を加速させるだけでした。

私はこれから先は孤独にならないようにしようと思っています。今、人とつながるのが難しい人も、そのことをあきらめないでほしいです。

一人で悩んでいることが、安心・安全な場所で話せただけで気が楽になること。そういうことを私はたくさん経験させてもらいました。

もう、孤立することはないでしょう。自助グループで私はこれからも、無力を認め、神に祈り、瞑想し、そうやって日々と格闘して生きていくでしょう。回復はあっても完治はない。そういう病のなかで。

＊　一九八〇年代は、医療よりも治安を優先させた「精神衛生法」のもと、世界に例をみないほどの長期入院や、劣悪な医療、閉鎖病棟への入院が行われていました。一九八七年、「精神保健法」へ題名改訂されるとともに、任意入院の規定、精神医療審査会の新設、社会復帰施設の新設などいくつかの改正が行われましたが、当事者や家族が廃止を要求していた保護義務者の規定がそのまま残されたほか、措置入院も医療保護入院と名称を変えて残されるなど、極めて不徹底なものでした。一九九五年に「精神保健福祉法」となってからもその状況に変わりはありません。

おわりに

私は生涯治らない病を二つ背負っています。

それは「一万年生きた子ども」であること、双極性障害Ⅱ型であること。これらは、うまく育つことができなかったことで背負ったハンデです。かつては、それを不平等だと恨んだこともありました。なぜ、健康な親の元に生まれ落ちなかったのかと。

でも、今は恨んでいません。私の心は歪められて成長しました。歪んだ心の形はもう修復できません。歪んだまま生きるしかないのです。

そのことに絶望的に疲れた気持ちになる日もあります。その歪んださまを毎日突きつけられ、思いもよらない苦労ばかりするからです。なんで、自分みたいな人間を生きなければならないのだろうかと自問するのです。

できるなら過去に戻って、八歳の私を救い出してあげたい。でも、それはできないことです。私は私を生きなくてはなりません。

この本のなかで、私がいかに歪められて育ったのかを示せたと思います。私の育ちは客観的に見ても過酷でしょう。歪んだ自分を受け入れて生きることは、努力でどうにかなるものではありません。それには歳月が必要です。

私は孤独になってはいけないと思いながらも、殻に閉じこもる日があります。人といると自分の歪みが強烈に際立って、疲れてしまうからです。また、双極性障害Ⅱ型のほうは、波のように悪くなったり良くなったりを予測なく繰り返します。二つの病が私の人生に交互に現れ、私は翻弄されます。翻弄される自分をケアするのさえ嫌になるほど、自暴自棄にもなります。ケアしなければ荒れ続けるばかりなのに、その気力すら出てこないこともたくさんあります。「一万年生きた子ども」として生きることは楽ではありません。

私は自助グループを通して、たくさんの「一万年生きた子ども」の同志たちを見つけました。上手く育つことができなかった苦難は何十年たっても癒えることなく、その人の心の形を変えてしまいます。だから、私たちにはそれを補完するような場所が必要なのです。

今もまだ、一万年生きた子どもたちは生まれ続けているでしょう。

私は自助グループで、子どもに対して手ひどい仕打ちをしている親の立場の人に出会うこともあります。その人もいっぱいいっぱいで、どうしようもなく、子どもとうまく接することができません。私はあきらめと悲しみでいっぱいになります。しかし、それは誰のせいでもないのです。

親は子どもを選べないし、子どもも親を選べない。私の育ちはただの事実であって、それ以上でもそれ以下でもありません。私がこの本を書いたのはただ、その事実を知ってほしかったからです。

かつて、一万年生きた子どもであった私は、自分の育ちを隠そうと必死でした。そのことがばれたら生きていけないと思っていたからです。そのことによって私は苦しみました。大人になった今、その事実を知らしめたいと思うのは、かつての自分の過ちを正したいという思いからかもしれません。

助けというのは、助けてほしいということを口にしないとやってきません。私は助けてほしいと言えずに闘ってしまいました。大した武器もないままに孤軍奮闘したのです。でも、それは仕方のないことでした。

私は八歳の私に語りかけます。ありがとう、よくがんばったね、と。あなたが「一万年生きた子ども」であることを選択したことで、私は今現在、なんとか生きているよ。そのことに後悔はないよ。本当にありがとう、と。

私が今のあなたに出会えるなら、真っ先に抱きしめてあげたい。あの孤独で不安で、恥ずかしくて、苦しいあなたを。

二〇二一年十月末日　ナガノハル

◆ナガノハル……一九七九年、神奈川県生まれ。双極性障害Ⅱ型という障害をかかえながら、日々の苦労をまんがにすることをライフワークとしている。著書に『不安さんとわたし《当事者研究的コミックエッセイ・総ルビつき》』『不安さんとはたらく』（山吹書店）がある。

一万年生《いちまんねんい》きた子《こ》ども
――統合失調症《とうごうしっちょうしょう》の母《はは》をもって

二〇二一年十一月三十日　第一版第一刷発行

著　者　ナガノハル
発行者　菊地泰博
発行所　株式会社現代書館
東京都千代田区飯田橋三―二―五
郵便番号　102-0072
電　話　03（3221）1321
ＦＡＸ　03（3262）5906
振　替　00120-3-83725
組　版　プロ・アート
印刷所　平河工業社（本文）
東光印刷所（カバー）
製本所　積信堂
装　幀　北田雄一郎

校正協力・高梨恵一

ISBN978-4-7684-5909-6
定価はカバーに表示してあります。乱丁・落丁本はおとりかえいたします。
http://www.gendaishokan.co.jp/

活字で利用できない方のための
テキストデータ請求券
『一万年生きた子ども』